徐志摩 著

志摩的诗

北方联合出版传媒（集团）股份有限公司
万卷出版公司

图书在版编目（CIP）数据

志摩的诗 / 徐志摩著．-- 沈阳： 万卷出版公司，2014.11（2022.1 重印）

ISBN 978-7-5470-3342-5

Ⅰ．①志… Ⅱ．①徐… Ⅲ．①诗集－中国－现代 Ⅳ．① I226

中国版本图书馆 CIP 数据核字（2014）第 220469 号

出 品 人：王维良
出版发行：北方联合出版传媒（集团）股份有限公司
　　　　　万卷出版公司
　　　　　（地址：沈阳市和平区十一纬路25号　邮编：110003）
印 刷 者：三河市三佳印刷装订有限公司
经 销 者：全国新华书店
幅面尺寸：145mm × 210mm
字　　数：240千字
印　　张：13.5
出版时间：2014年11月第1版
印刷时间：2022年1月第4次印刷
责任编辑：胡　利
责任校对：高　辉
封面设计：尚书堂
版式设计：鄂姿羽
ISBN 978-7-5470-3342-5
定　　价：49.00元
联系电话：024-23284090
传　　真：024-23284448

目 录

第二辑　志摩的诗

第三辑　翡冷翠的一夜

第四辑　猛虎集

第五辑　云　游

第六辑　拾　遗

第一辑

康桥再会吧

草上的露珠儿[①]

草上的露珠儿，

颗颗是透明的水晶球，

新归来的燕儿

在旧巢里呢喃个不休；

诗人哟！可不是春至人间

还不开放你

创造的喷泉，

嗤嗤！吐不尽南山北山的璠瑜，

洒不完东海西海的琼珠，

融和琴瑟箫笙的音韵，

饮餐星辰日月的光明！

诗人哟！可不是春在人间，

还不开放你

创造的喷泉！

---

①此诗写于 1921 年 11 月 23 日。据台湾传记文学出版社《徐志摩全集》第 1 集。

这一声霹雳
震破了漫天的云雾，
显焕的旭日
又升临在黄金的宝座；

柔软的南风
吹皱了大海慷慨的面容
洁白的海鸥
上穿云下没波自在优游；

诗人哟！可不是趁航时候，
还不准备你
歌吟的渔舟！
看哟！那白浪里
金翅的海鲤
白嫩的长鲵，
虾须和螃脐！
快哟！一头撒网一头放钩，
收！收！
你父母妻儿亲戚朋友
享定了希世的珍馐。

诗人哟！可不是趁航时候，
还不准备你
歌吟的渔舟！

诗人哟！
你是时代精神的先觉者哟！
你是思想艺术的集成者哟！
你是人天之际的创造者哟！
你资材是河海风云，
鸟兽花草神鬼蝇蚊，
一言以蔽之：天文地文人文；

你的洪炉是“印曼桀乃欣”，[①]
永生的火焰“烟士披里纯”，[②]
炼制着诗化美化灿烂的鸿钧；

你是高高在上的云雀天骞，
纵横四海不问今古春秋，
散布着希世的音乐锦绣；

①英文“想象”（imagination）的音译。
②英文“灵感”（inspiration）的音译。

你是精神困穷的慈善翁，
你展览真善美的万丈虹，
你居住在真生命的最高峰。

笑解烦恼结[①]
（送幼仪）

一

这烦恼结，是谁家扭得水尖儿难透？
这千缕万缕烦恼结是谁家忍心机织？
这结里多少泪痕血迹，应化沉碧！
忠孝节义——咳，忠孝节义谢你维系
四千年史髅不绝，
却不过把人道灵魂磨成粉屑，
黄海不潮，昆仑叹息，
四万万生灵，心死神灭，中原鬼泣！
咳，忠孝节义！

二

东方晓，到底明复出，
如今这盘糊涂帐，

① 1922年3月，徐志摩与张幼仪在德国柏林离婚。此诗写于同年6月，发表于1922年11月8日《新浙江》报副刊《新朋友》上。同时发表的还有一篇《徐志摩、张幼仪离婚通告》。

如何清结?

三

莫焦急，万事在人为，只消耐心
共解烦恼结。
虽严密，是结，总有丝缕可觅，
莫怨手指儿酸、眼珠儿倦，
可不是抬头已见，快努力!

四

如何！毕竟解散，烦恼难结，烦恼苦结。
来，如今放开容颜喜笑，握手相劳;
此去清风白日，自由道风景好。
听身后一片声欢，争道解散了结儿，
消除了烦恼!

青年杂咏[①]

一

青年！
你为什么沉湎于悲哀？
你为什么耽乐于悲哀？
你不幸为今世的青年，
你的天是沉碧奈何天；
你筑起了一座水晶宫殿，
在“眸冷骨累”[②]的河水边；
河流流不尽骨累眸冷，
还夹着些些残枝断梗，
一声声失群雁的悲鸣，
水晶宫朝朝暮暮反映——
映出悲哀，飘零，眸子吟，
无聊，宇宙，灰色的人生，

①此诗于1922年春在英国写成。发表于1923年3月18日《时事新报·学灯》。

②英文“忧郁”（melancholy）的音译。

你独生在宫中，青年呀，
霉朽了你冠上的黄金!

二

青年!
你为什么迟回于梦境?
你为什么迷恋于梦境?
你幸而为今世的青年，
你的心是自由梦魂心，
你抛弃你尘秽的头巾，
解脱你肮脏的外内衿，
露出赤条条的洁白身，
跃入缥缈的梦潮清冷，
浪势奔腾，侧眼波罅里，
看朝彩晚霞，满天的星，——
梦里的光景，模糊，绵延，
却又分明；梦魂，不愿醒，
为这大自在的无终始，
任凭长鲸吞噬，亦甘心。

三

青年！

你为什么醉心于革命，

你为什么牺牲于革命？

黄河之水来自昆仑巅，

泛流华族支离之遗骸，

挟黄沙莽莽，沉郁音响，

苍凉，惨如鬼哭满中原！

华族之遗骸！浪花汤处，

尚可认伦常礼教，祖先，

神主之断片；——君不见

两岸遗孽，枉戴着忠冠，

孝辫，抱缺守残，泪眼看

风云暗淡，“道丧”的人间！

运也！这狂澜，有谁能挽，

问谁能挽精神之狂澜？

情死（Liebstch）[1]

玫瑰，压倒群芳的红玫瑰，昨夜的雷雨，原来是你发出的信号——真娇贵的丽质！

你的颜色，是我视觉的醇醪；我想走近你，但我又不敢。

青年！几滴白露在你额上，在晨光中吐艳。

你颊上的笑容，定是天上带来的；可惜世界太庸俗，不能供给他们常住的机会。

你的美是你的运命！

我走近来了；你迷醉的色香又征服了一个灵魂——我是你的俘虏！

你在那里微笑，我在这里发抖，

你已经登了生命的峰极。你向你足下望——一个无底的深潭！

你站在潭边，我站在你的背后，——我，你的俘虏。

我在这里微笑！你在那里发抖。

丽质是命运的命运。

我已经将你禽捉在手内！我爱你，玫瑰！

色，香，肉体，灵魂，美，迷力——尽在我掌握之中。

---

①此诗于1922年6月，发表于1923年2月4日《努力周报》第40期。

我在这里发抖，你——笑。

玫瑰！我顾不得你玉碎香销，我爱你！

花瓣，花萼，花蕊，花刺，你，我——多么痛快啊！——

尽胶结在一起；一片狼藉的猩红，两手模糊的鲜血。

玫瑰！我爱你！

月夜听琴[①]

是谁家的歌声，
和悲缓的琴音，
星茫下，松影间，
有我独步静听。

音波，颤震的音波，
穿破昏夜的凄清，
幽冥，草尖的鲜露，
动荡了我的灵府。

我听，我听，我听出了
琴情，歌者的深心。
枝头的宿鸟休惊，
我们已心心相印。

休道她的芳心忍，

---

①此诗发表于 1923 年 4 月 1 日《时事新报·学灯》。

她为你也曾吞声，
休道她淡漠，冰心里
满蕴着热恋的火星。

记否她临别的神情，
满眼的温柔和酸辛，
你握着她颤动的手——
一把恋爱的神经？

记否你临别的心境，
冰流沦彻你全身，
满腔的抑郁，一海的泪，
可怜不自由的魂灵？

松林中的风声哟！
休扰我同情的倾诉；
人海中能有几次
恋潮淹没我的心滨？

那边光明的秋月，
已经脱卸了云衣，

仿佛喜声地笑道：

“恋爱是人类的生机！”

我多情的伴侣哟！

我羡你蜜甜的爱焦，

却不道黄昏和琴音

联就了你我的神交？

听槐格讷（Wagner）乐剧[1]

是神权还是魔力，
搓揉着雷霆霹雳，
暴风、广漠的怒号，
绝海里骇浪惊涛；

地心的火窖咆哮，
回荡，狮虎似狂嗥，
仿佛是海裂天崩，
星陨日烂的朕兆；

忽然静了；只剩有
松林附近，乌云里
漏下的微嘘，拂狃[2]
村前的酒帘青旗；

①此诗于1922年5月25日在英国写成。发表于1923年3月10日《时事新报学灯》5卷3册8号。槐格讷，现通译瓦格纳。十九世纪德国音乐家，一生致力于歌剧创作。
②疑“扭”字之误。

可怖的伟大凄静
万壑层岩的雪景，
偶尔有冻鸟横空
摇曳零落的悲鸣；

悲鸣，胡笳的幽引，
雾结冰封的无垠，
隐隐有马蹄铁甲
篷帐悉索的荒音；

荒音，洪变的先声，
鼍鼓[①]金钲[②]暮[③]荡怒，
霎时间万马奔腾，
酣斗里血流虎虎；

是泼牢米修仡司（Prometheus）[④]
的反叛，抗天拯人
的奋斗，高加山前

---

①鼍皮所作之鼓。《诗经》：“鼍鼓逢逢”。
②乐器，状略似钟。
③疑“蓦”字之误排。
④现通译为“普罗米修斯”，希腊神话中盗取火种给人间的神。

挚鹰刳胸的创呻；
是恋情，悲情，惨情，
是欢心，苦心，赤心；
是弥漫，普遍，神幻，
消金灭圣的性爱；

是艺术家的幽骚，
是天壤间的烦恼，
是人类千年万年
郁积未吐的无聊；

这沉郁酝酿的牢骚，
达猖獗圣洁的恋爱，
这悲天悯人的精神，
贯透了艺术的天才。

性灵，愤怒，慷慨，悲哀，
管弦运化，金革调合，
创制了无双的乐剧，
革音革心的槐格讷！

五月二十五日

春[1]

康河右岸皆学院，左岸牧场之背，榆荫密覆，大道纡回，一望葱翠，春尤浓郁，但闻虫声鸟语，校舍寺塔掩映林巅，真胜处也。迩来草长日丽，时有情耦隐卧草中，密话风流。我常往复其间，辄成左作。

河水在夕阳里缓流，
暮霞胶抹树干树头；
蚱蜢飞，蚱蜢戏吻草光光，
我在春草里看看走走。

蚱蜢匍伏在铁花胸前，
铁花羞得不住的摇头，
草里忽伸出只藕嫩的手，
将孟浪的跳虫拦腰紧搂。

---

①此诗写于1922年在英国留学期间。发表于1923年5月30日《时事新报·学灯》。曾收入泰东书局1926年版诗集《恋歌》。

金花菜，银花菜，星星澜澜，
点缀着天然温暖的青毡，
青毡上青年的情耦，
情意胶胶，情话啾啾。

我点头微笑，南向前走，
观赏这青透春透的园囿，
树尽交柯，草也骈偶，
到处是缱绻，是绸缪。

雀儿在人前猥盼亵语，
人在草处心欢面赧，
我羡他们的双双对对，
有谁羡我孤独的徘徊？

孤独的徘徊！
我心须何尝不热奋震颤，
答应这青春的呼唤，
燃点着希望灿灿，
春呀！你在我怀抱中也！

清风吹断春朝梦[1]

片片鹅绒眼前纷舞，
疑是梅心蝶骨醉春风；
一阵阵残琴碎箫鼓，
依稀山风催瀑弄青松；

梦底的幽情，素心，
缥缈的梦魂，梦境，——
都教晓鸟声里的清风，
轻轻吹拂——吹拂我枕衾，
枕上的温存——，将春梦解成
丝丝缕缕，零落的颜色声音！
这些深灰浅紫，梦魂的认识，
依然粘恋在梦上的边陲。
无如风吹尘起，漫潦梦屐，

---

①此诗写于1922年8月3日，发表于1923年6月5日《时事新报·学灯》。诗后有作者附言：“十日前作《春梦》，偶然拈得此题，今日始勉强成咏，诗意过揉且隐，词只掠影之功，音节不纯，尤所深憾；然梦固难显，灵奥亦何能遽达，独恨神游未远，又被岗来阻隔耳！八月三日”

纵心愿归去，也难不见涂踪便；

清风！你来自青林幽谷，
款布自然的音乐，
轻怀草意和花香，
温慰诗人的幽独，
攀帘问小姑无恙，
知否你晨来呼唤，
唤散一缘绻缱——
梦里深农[1]的恩缘？
任春朝富的温柔，
问谁偿逍遥自由？
只看一般梦意阑珊，——
诗心，恋魂，理想的彩昙，——
一似狼藉春阴的玫瑰，
一似鹃鸟黎明的幽叹，
韵断香散，仰望天高云远，
梦翅双飞，一逝不复还！

① “农”疑是“浓”之误。

人种由来[①]

一

夏娃："你是亚当吗，上帝
创造我来伴你的。
你从今后再不怕
荒凉，再不愁孤寂。
让我摸摸你的脸，
口边蓬蓬象树藓，
你喉头有个桃核，
你肌肉好多强健；
你是你胸前不如
我又嫩又软又肥——
我们原来两样的，
我又希奇又欢喜。"
亚当："你的声音很好听，
你的手怪招痒的，

---

①此诗于1922年在英国留学期间写成。发表于1923年6月21日《时事新报·学灯》。题材据《旧约全书·创世纪》第三章。

你初来人地生疏，
等我慢慢指导你，
昨晚我在睡梦里，
上帝从我变出你；
你的肉是我的肉，
你我原来是一体，
不过我男你是女。
夏娃："我叫你夫你叫我妻，
千年万年不分离！
我觉得心头狂跳，
方才一阵清风过，
吹来树上鲜果味，
我想去——"
亚当："谨记上帝的吩咐；
伊滕园[1]里鲜果富，
樱桃梅李都可采，
独禁'知识树'上果，
你须牢记在心头。
若然犯禁死无处，

①现通译"伊甸园"。

如今我去折桑麻，

你在此地喂鸡鹅。”

二

蛇：“夏娃！”

夏娃：“谁呀！”

蛇：“原来你不认识我，

我是伊滕的圣蛇，

通天达地晓人事，

宇宙秘密无不知，

亚当是个蠢东西，

——嘻嘻！”

夏娃：“什么叫做‘嘻嘻’呢？”

蛇：“等我好好教导你，

嘻嘻是个笑声气；

我笑亚当泰[①]腐气，

一心皈依信上帝。

伊滕园里最珍奇，

莫如‘知识树’上果；

---

①“泰”与“太”通。

你若偷采吃一枝，

宇宙密库顿开锁；

你的双眼会开放，

见红光紫见星光；

还有种种消息好，

吃了药儿便知晓——

嘻嘻！”

夏娃：“嘻嘻，多谢你，蛇儿，

是去采果儿吃也！”

三

亚当：“夏娃，替我搔搔背，

我有好东西给你。”

夏娃：“你有什么好东西，

蛇儿笑你泰腐气。”

亚当：“蛇儿专出坏主意，

千万不可轻信伊。

我给你个桑乌都，

甜里带酸很有味。”

夏娃：“乌都算什么东西，

我的苹果才希奇；

今晚临睡吃下去，
明早张眼见天地！”

四

夏娃：“亚当！我见亮光了！
好一个美妙天地！
赶快睁开你眼皮，
你我准备见面礼！”
亚当：“你的疯话我不信，
哪有眼皮会开闭——
咳奇怪！果真两眼
有些发痒酸齑齑；
夏娃！夏娃！真希奇，
果然是光亮天地！”
夏娃：“不成！慢点儿过来。
你我原来是裸体！
不好了！快躲起来，
那边来的上帝！”

“两尼姑”或“强修行”[①]

一

门前几行竹，
后园树荫毵，
墙苔斑驳日影迟，
清妙静淑白岩庵。

庵里何人居？
修道有女师：
大师正中年，
小师甫二十。

大师昔为大家妇。
夫死誓节作道姑，
小师祝发心悲切，
字郎不幸音尘绝。

①此诗写于1922年留英期间，发表于1923年5月5日《时事新报·学灯》。

彼此同怜运不济，
持斋奉佛山隈里；
花开花落春来去，
庵堂里尽日念阿弥。

佛堂庄洁供大士，
大士微笑手拈花，
春慵画静风日眠，
木鱼声里悟禅机。

禅机悟未得，
凡心犹兀兀；
大师未忘人间世，
小师情孽正放花。

情孽放花不自知，
芳心苦闷说无词；
可怜一对笼中鸟，
尽日呢喃尽日悲。

长尼多方自譬解，

人间春色亦烟花，
筵席大小终须散，
出家岂有再还家。

二

繁星天，明月夜，
春花茂，秋草败，
燕双栖，子规啼，
蝶恋花，蜂收蕊——
自然风色最恼人，
出家人对此浑如醉。

门前竹影疏，
后圃村荫绵，
蒲团氤氲里，
有客来翩翩。

客来慕山色，
随喜偶问庵，
小师出应门，
腮颊起红痕。

红痕印颊亦印心，
小女自此懒讽经；
佛缘，
尘缘——
两不可相兼；
枯寂，
生命——
弱俗抑率真？

神气顿恍惚，
清泪湿枕衾，
幼尼亦不言，
长尼亦不问。

三

竹影当婆娑，
树影犹掩映。
如何白岩庵，
不见修行人？

佛堂佛座尽灰积，
拈花大士亦蒙尘，
子规空啼月，
蜘网布庵门。

疏林发凉风，
荒圃有余薪。
鸦闹斜阳里，
似笑强修行！

夏日田间即景（近沙士顿）[1]

柳条青青，
南风熏熏，
幻成奇峰瑶岛，
一天的黄云白云，
那边麦浪中间，
有农妇笑语殷殷。

笑语殷殷——
问后园豌豆肥否，
问杨梅可有鸟来偷；
好几天不下雨了，
玫瑰花还未曾红透；
梅夫人今天进城去，
且看她有新闻无有。

---

①此诗于1922年4月在英国写成，发表于1923年3月14日《时事新报·学灯》。沙士顿是英国剑桥附近的小村庄，1921年志摩曾在此居住。

笑语殷殷——

“我们家的如今好了，

已经照常上工去，

不再整天的无聊，

不再逞酒使气，

回家来有说有笑，

疼他儿女——爱他妻；

呀！真巧！你看那边，

蓬着头，走来的，笑嘻嘻，

可不是他，（哈哈！）满身是泥！”

南风熏熏，

草木青青，

满地和暖的阳光，

满天的白云黄云，

那边麦浪中间，

有农夫农妇，笑语殷殷。

April 30’22

沙士顿重游随笔[①]

一

许久不见了，满田的青草黄花！

你们在风前点头微笑，仿佛说彼无恙。

今春雨少，你们的面容着实清癯；

我一年来也无非是烦恼踉跄；

见否我白发骈添，首峰的愁痕未隐？

你们是需要雨露，人间只缺少同情。——

青年不受恋爱的滋润，比如春阳霖雨，照洒沙碛永远不得收成。

但你们还有众多的伴侣；

在“大母”慈爱的胸前，和晨风软语，听晨星骈唱，

每天农夫赶他牛车经过，谈论村前村后的新闻，

有时还有美发罗裙的女郎，来对你们声诉她遭逢的薄幸。

至于我的灵魂，只是常在他囚羁中忧伤岑寂；

---

①此诗发表于1923年3月13日《时事新报·学灯》。

他仿佛是“衣司业尔”彷徨的圣羊。

二

许久不见了，最仁善公允的阳光。

你们现在斜倚在这残破的墙上，

牵动了我不尽的回忆，无限的凄怆。

我从前每晚散步的欢怀，

总少不了你殷勤的照顾。

你吸起人间畅快和悦的心潮，

有似明月钩引湖海的夜汐；

就此荏苒临逝的回光，不但完成一天的功绩，

并且预告晴好的清晨，吩咐勤作的农人，安度良宵。

这满地零乱的栗花，都象在你仁荫里欢舞。

对面楼窗口无告的老翁，

也在饱啜你和煦的同情；

他皱缩昏花的老眼，似告诉人说：

都亏这养老棚朝西，容我每晚享用莫[1]景的温存：

这是天父给我不用求讨的慰藉。

---

① “莫”疑是“暮”字。

三

许久不见了，和悦的旧邻居！
那位白须白发的先生，正在趁晚凉将水浇菜，
老夫人穿着蓝布的长裙，站在园篱边微笑，
一年过得容易，
那篱畔的苹花，已经落地成泥！
这些色香两绝的玫瑰的种畤在八十老人跟前，
好比艳眼的少艾，独倚在虬松古柏的中间，
他们笑着对我说结婚已经五十三年，
今年十月里预备金婚；
来到此村三十九年，老夫人从不曾半日离家，
每天五时起工作，眠食时刻，四十年如一日；
莫有儿女，彼此如形影相随，
但管门前花草后园蔬果，
从不问村中事情，更不晓世上有春秋，
老夫人拿出他新制的杨梅酱来请我尝味，
因为去年我们在时吃过，曾经赞好。

四

那灰色墙边的自来井前，上面盖着栗树的浓荫，残花

还不时地堕落，

站着位十八的郎，

他发上络住一支藤黄色的梳子，衬托着一大股蓬松的褐色细麻，

转过头来见了我，微微一笑，

脂江[①]的唇缝里，漏出了一声有意无意的“你好！”

五

那边半尽多厚干草，铺顶的低屋前，

依旧站着一年前整天在此的一位褴褛老翁，

他曲着背将身子承住在一根黑色杖上，

后脑仅存几茎白发，和着他有音节的咳嗽，上下颤动。

我走过他跟前，照例说了晚安，

他抬起头向我端详，

一时口角的皱纹，齐向下颔紧叠，

吐露些不易辨认的声响，接着几声干涸的咳嗽，

我瞥见他右眼红腐，像烂桃颜色（并不可怕），

一张绝扁的口，挂着一线口涎。

我心里想阿弥陀佛，这才是老贫病的三角同盟。

---

①疑“红”字之误。

六

两条牛并肩在街心里走来，

卖弄他们最庄严的步法。

沉着迟重的蹄声，轻撼了晚村的静默。

一个赤腿的小孩，一手扳着门枢，

一手的指甲腌在口里，

瞪着眼看牛尾的撩拂。

七

一个穿制服的人，向我行礼，

原来是从前替我们送信的邮差，

他依旧穿黑呢红边的制衣，背着皮袋，手里握着一叠信。

只见他这家进，那家出，有几家人在门外等他，

他挨户过去，继续说他的晚安，只管对门牌投信，

他上午中午下午一共巡行一次，每次都是刻板的面目；

雨天风云，晴天雪天，春天冬天，

他总是循行他制定的责务；

他似乎不知道他是这全村多少喜怒悲欢的中介者；

他象是不可防御的运命自身。

有人张着笑口迎他，
有人听得他的足音，便惶恐震栗；
但他自来自去，总是不变的态度。
他好比双手满抓着各式情绪的种子，向心田里四撒；
这家的笑声，那边的幽泣；
全村顿时增加的脉搏心跳，歔欷叹息，
都是盲目工程的结果。
他哪里知道人间最大的消息，
都曾在他褴旧的皮袋里住过，
在他干黄的手指里经过——
可爱可怖的邮差呀！

威尼市[1]

我站在桥上，
这甜熟的黄昏，
远处来的箫声和琴音——点儿，线儿，
圆形，方形，长形，
尽是灿烂的黄金，
倾泻在波涟里，
澄蓝而凝匀。
歌声，游艇，
灯烛的辉莹，
梦寐似生，
——细缊——
幻景似消泯，
在流水的胸前——
鲜妍，绻缱——
流，流，

①此诗于1922年在英国留学期间写成。发表于1923年4月28日《时事新报·学灯》。威尼市，现通译为“威尼斯”，意大利名城。

流入沉沉的黄昏，
我灵魂的弦琴，
感受了无形的冲动，
怔忡，惺忪，
悄悄地吟弄，
一支红朵蜡的新曲，
出咽的香浓；
但这微妙的心琴哟，
有谁领略，
有谁能听！

梦游埃及[1]

龙舟画桨
地中海海乐悠扬；
浪涛的中心
有丑怪奋斗汹张；

一轮漆黑的明月，
滚入了青面的太阳——
青面白发的太阳；
太阳又奔赴涛心，将海怪
浇成奇伟的偶像；

大海化成了大漠；
开佛伦王的石像
危峙在天地中央；
张口把太阳吃了
遍体发骇人的光亮；

---

①此诗写于1922年在英国留学期间。发表于1923年5月14日《时事新报·学灯》。

巨万的黄人黑人白人
蠕伏在浪涛汹涌的地面；
金刚般的勇士
大倘步走上了人堆；

人堆里呶呶的怪响
不知是悲切是欢畅；
勇士的金盔金甲
闪闪发亮
烨烨生火；

顷刻大火蟠蟠，火焰里有个
伟丈夫端坐；
象菩萨，
象葛德[①]，
象柏拉图，
坐镇在勇士们头颅砌成的
莲台宝座；

---

①现通译为“歌德”。

一阵骇人的金电，——
这人宝塔又变形为
大漠里清静静地
一座三角金字塔：
一个个金字，都是
放焰的龙珠，
塔高[①]一只高背的骆驼
驮着个不长不短的
人魔——他睁着怪眼大喊道：——
“奴隶的人间，可曾看出
此中的消息呀？”

①疑“象”之误排。

地中海中梦埃及魂入梦[①]

（埃及，古埃及！）
昨夜你古希的精灵，
洒一瓢黝黄的月彩，
点染我的梦境；

（埃及，古埃及！）
我梦魂在海上游行，
听波涛终古的幽骚，
终古不平之鸣；

（埃及，古埃及！）
我鼓梦棹上溯时潮，
逆湍险，访史乘的泉源，
遨游云间宫堡。

①此诗写于1922年9月从英国归国途中。发表于1923年9月4日《时事新报·学灯》。

（埃及，古埃及！）
在尘埃之外逍遥，
解脱了时空的锁链，
自由的翔翱；

（埃及，古埃及！）
超轶了梦境的神秘，
超轶了神秘的梦境，
一切人生之迷。

（埃及，古埃及！）
颠破了这颠不破的梦壳，
方能到真创造的庄严地，
凝成人间千年万年，
凝不成的理想结晶体；

（埃及，古埃及！）
开佛伦王寂寞的偶象无恙！
开佛伦王寂寞的理想无恙！
开佛伦王寂寞的梦乡无恙！

（埃及，古埃及！）

尼罗河畔的月色，

三角洲前的涛声，

金字塔光的微颤，

人面狮身的幽影！

是我此日梦景之断片，

是谁何时断片的梦景？

无　儿[①]

夜色
溟濛。
野鸽
在巢中，
窸窣，
翀毳，
蓬松。
这鸽儿的抖动，
恍似小孩的嫩掌——
嫩又丰——
扪胸，
可爱的逗痒
茸茸：
“鸽儿呀！
休动休动，
我心忡忡，

①此诗发表于1923年5月4日《时事新报·学灯》。

我泪溶溶，
鸽儿呀，
休动休动，
无儿的我，
忍不住伤痛。”

小　诗[1]

月，我含羞地说，
请你登记我吟[2]热交感的情泪，
在你专登泪债的哀情录里；

月，我哽咽着说，
请你查一查我年表的滴滴清泪
是放新账还是清旧欠呢？

---

①此诗与《私语》均写于1922年7月21日。两诗同时发表于1923年4月30日《时事新报·学灯》。

②疑为“冷”字之误。

私　语[1]

秋雨在一流清冷的秋水也[2]，
一棵憔悴的秋柳里，
一条怯恰[3]的秋枝上，
一片将黄未黄的秋叶上，
听他亲亲切切喁喁唼唼，
私语三秋的情思情事，情语情节。
临了轻轻将他拂落在秋水秋波的秋晕里，一涡半转，
跟着秋流去。
这秋雨的私语，三秋的情思情事，
情诗情节，也掉落在秋水秋波的秋晕里，一涡半转，
跟着秋流去。

---

①此诗写于1922年7月21日，发表于1923年4月30日《时事新报·学灯》。

②“也”疑为“池”。

③“恰”疑为“懦”。

你是谁呀？[1]

你是谁呀？
面熟得很，你我曾经会过的，
但在哪里呢，竟是无从记起；
是谁引你到我密室里来的？
你满面忧怆的精神，你何以
默不出声，我觉得有些怕惧；
你的肤色好比干蜡，两眼里
泄露天限的饥渴；呀！他们在
迸泪，鲜红，枯干，凶狠的眼泪，
胶在睚帘边，多可怕，多凄惨！
——我明白了：我知晓你的伤感，
憔悴的根源；可怜！我也记起，
依稀，你我的关系象在这里，
那里，云里雾里，哦，是的是的！
但是再休提起；你我的交谊，
从今起，另辟一番天地，是呀，

①诗写于1922年在英国留学期间。发表于1923年5月4日《时事新报·学灯》。

另辟一番天地；再不用问你
——我希冀——“你是谁呀”？

康桥西野暮色[1]

——我常以为文字无论韵散的圈点并非绝对的必要。我们口里说笔上写得清利晓畅的时候，段落语气自然分明，何必多添枝叶去加点画。近来我们崇拜西洋了，非但现代做的文字都要循规道[2]矩，应用“新圈钟”，就是无辜的圣经贤传红楼水浒，也教一班无事忙的先生，支离宰割，这里添了几只钩，那边画上几枝怕人的黑杠！！！真好文字其实没有圈点的必要，就怕那些“科学的”先生们倒有省事的必要。

你们不要骂我守旧，我至少比你们新些。现在大家喜欢讲新，潮流新的，色彩新的，文艺新的，所以我也只好随波逐流跟着维新。唯其为要新鲜，所以我胆敢主张一部分的诗文废弃圈点。这并不是我的创见，自今以后我们多少免不了仰西洋的鼻息。我想你们应该知道英国的小说家 George Choow，你们要看过他的名著《Krook Kerith》就

---

①康桥现通译为剑桥。此诗写于 1922 年在英国留学期间。发表于 1923 年 7 月 7 日《时事新报·学灯》。

②“道”似应为“蹈”。

知道散文的新定义新趣味新音节。

还有一位爱尔兰人叫 James Joyce，他在国际文学界的名气恐怕和蓝宁[3]在国际政治界差不多，一样受人崇拜，受人攻击。他五、六年前出了一部《The Portrait of an Artist as Young Men》，独创体裁，在散文里开了一个新纪元，恐怕这就是一部不朽的贡献。他又做了一部书叫《Ulysses》，英国美国谁都不肯不敢替他印，后来他自己在巴黎印行。这部书恐怕非但是今年，也许是这个时期里的一部独一著作。他书后最后一百页（全书共七百几十页）那真是纯料的"prose"，象牛酪一样润滑，象教堂里石坛一样光澄，非但大写字母没有，连，。……？ ：——；——！（ ）" "等可厌的符号一齐灭迹，也不分章句篇节，只有一大股清丽浩瀚的文章排奡而前，象一大匹白罗披泻，一大卷瀑布倒挂，丝毫不露痕迹，真大手笔！

至于新体诗的废句须大写，废句法点画，更属寻常，用不着引证。但这都是乘便的饶舌。下面一首乱词，并非故意不用句读，实在因为没有句读的必要，所以画好了蛇没有添足上去。

---

①现通译为"列宁"。

一个大红日挂在西天
紫云绯云褐云
簇簇斑斑田田
青草黄田白水
郁郁密密鬇鬇
红辫黑蕊长梗
罂粟花三三两两

一大块透明的琥珀
千百折云凹云凸
南天北天暗暗默默
东天中天舒舒阖阖
宇宙在寂静中构合
太阳在头赫里告别
一阵临风
几声“可可”

一颗大胆的明星
仿佛骄矜的小艇
抵牾着云涛云潮
兀兀漂漂潇潇

侧眼看暮焰沉销
回头见伙伴来！[①]

晚霞在林间田里
晚霞在原上溪底
晚霞在风头风尾
晚霞在村姑眉际
晚霞在燕喉鸦背
晚霞在鸡啼犬吠

晚霞在田陇陌上
陌上田陇行人种种
白发的老妇老翁
屈躬咳嗽龙钟
农夫工罢回家
肩锄手篮口衔菰巴
白衣裳的红腮女郎
攀折几茎白葩红英
笑盈盈翳入绿荫森森

---

① “！”疑为“了”字。

跟着肥满蓬松的“北京”
罂粟在凉园里摇曳
白杨树上一阵鸦啼
夕照只剩了几痕紫气
满天镶嵌着星巨星细
田里路上寂无声响
榆荫里的村屋微泄灯芒
冉冉有风打树叶的抑扬
前面远远的树影塔光
罂粟老鸦宇宙婴孩
一齐沉沉奄奄眠熟了也

夜[1]

一[2]

夜，无所不包的夜，我颂美你！
夜，现在万象都象乳饱了的婴孩，在你大母温柔的怀抱中眠熟。
一天只是紧叠的乌云，象野外一座帐篷，静悄悄的，静悄悄的；
河面只闪着些纤微，软弱的辉芒，桥边的长梗水草，黑沉沉的象几条烂醉的鲜鱼横浮在水上，任凭惫懒的柳条，在他们的肩尾边撩拂；
对岸的牧场，屏围着墨青色的榆荫，阴森森的，象一座才空的古墓；那边树背光芒，又是什么呢？
我在这沉静的境界中徘徊，在凝神地倾听，……听不出青林的夜乐，听不出康河的梦呓，听不出鸟翅的飞声；

①此诗发表于1923年12月1日《晨报·文学旬刊》。原诗后有编者附言："志摩这首长诗，确是另创一种新的格局与艺术，请读者注意！"
②原文此处未标段，此处为编者所加。

我却在这静温中，听出宇宙进行的声息，黑夜的脉搏与呼吸，听出无数的梦魂的匆忙踪迹；

也听出我自己的幻想，感受了神秘的冲动，在豁动他久敛的羽翮，准备飞出他沉闷的巢居，飞出这沉寂的环境，去寻访

黑夜的奇观，去寻访更玄奥的秘密——

听呀，他已经沙沙的飞出云外去了！

二

一座大海的边沿，黑夜将慈母似的胸怀，紧贴住安息的万象；

波澜也只是睡意，只是懒懒向空疏的沙滩上洗淹，象一个小沙弥在瞌睡地撞他的夜钟，只是一片模糊的声响。

那边岩石的面前，直竖着一个伟大的黑影——是人吗?

一头的长发，散披在肩上，在微风中颤动；

他的两肩，瘦的，长的，向着无限的天空举着，——

他似在祷告，又似在悲泣——

是呀，悲泣——

海浪还只在慢沉沉的推送——

看呀，那不是他的一滴眼泪？

一颗明星似的眼泪，掉落在空疏的海砂上，落在倦懒的浪头上，落在睡海的心窝上，落在黑夜的脚边——

一颗明星似的眼泪！

一颗神灵，有力的眼泪，仿佛是发酵的酒娘，作炸的引火，霹雳的电子；

他唤醒了海，唤醒了天，唤醒了黑夜，唤醒了浪涛——

真伟大的革命——

霎时地扯开了满天的云幕，化散了迟重的雾气，

纯碧的天中，复现出一轮团圆的明月，

一阵威武的西风，猛扫着大宝的琴弦，开始，神伟的音乐。

海见了月光的笑容，听了大风的呼啸，也象初醒的狮虎，摇摆咆哮起来——

霎时地浩大的声响，霎时地普遍的猖狂！

夜呀！你曾经见过几滴那明星似的眼泪？

三

到了二十世纪的不夜城。

夜呀，这是你的叛逆，这是恶俗文明的广告，无耻，淫猥，残暴，肮脏，——表面却是一致的辉耀，看，

这边是跳舞会的尾声，

那边是夜宴的收梢，那厢高楼上一个肥狠的犹大，

正在奸污他钱掳的新娘；

那边街道转角上，有两个强人，擒住一个过客，

一手用刀割断他的喉管，一手掏他的钱包；

那边酒店的门外，麇聚着一群醉鬼，蹒跚地在秽语，

狂歌，音似钝刀刮锅底——

幻想更不忍观望，赶快的掉转翅膀，向清净境界飞去。

飞过了海，飞过了山，也飞回了一百多年的光阴——

他到了“湖滨诗侣”的故乡。

多明净的夜色！只淡淡的星辉在湖胸上舞旋，三四个草虫叫夜；

四围的山峰都把宽广的身影，寄宿在葛濑士迷亚柔软的湖心，沉酣的睡熟；

那边“乳鸽山庄”放射出几缕油灯的稀光，斜偻在庄前的荆篱上；

听呀，那不是罪翁①吟诗的清音——

The Poets who in earth have render us heir

Of truth a pure delight by heavenly lays！

---

①指英国湖畔诗人骚塞。

Oh！ Might my name be numbered among their，

The gladly bowld end my untal days！

诗人解释大自然的精神，

美妙与诗歌的欢乐，苏解人间爱困！

无羡富贵，但求为此高尚的诗歌者之一人，

便撒手长瞑，我已不负吾生。

我便无憾地辞尘埃，返归无垠。

他音虽不亮，然韵节流畅，证见旷达的情怀，一个个的音符，都变成了活动的火星，从窗棂里点飞出来！飞入天空，仿佛一串鸢灯，凭彻青云，下照流波，余音洒洒的惊起了林里的栖禽，放歌称叹。

接着清脆的嗓音，又不是他妹妹桃绿水（Dorothy）[①]的？

呀，原来新染烟癖的高柳列奇（Coleridge）[②]也在他家作客，三人围坐在那间湫隘的客室里，壁炉前烤火炉里烧着他们早上在园里亲劈的栗柴，在必拍的作响，铁架上的水壶也已经滚沸，嗤嗤有声：

To sit without emotion，hope or aim，

①现通译为多萝西。华兹华斯的妹妹。

②现通译为柯勒律治（1772-1835），英国湖畔派诗人。

In the loved pressure of my cottage fire,

And bisties of the flapping of the flame

Or kettle whispering its faint under song,

坐处在可爱的将息炉火之前，

无情绪的兴奋，无冀，无筹营，

听，但听火焰，飐摇的微喧，

听水壶的沸响，自然的乐音。

夜呀，象这样人间难得的纪念，你保了多少……

四[1]

他又离了诗侣的山庄，飞出了湖滨，重复逆溯着泅[2]涌的时潮，到了几百年前海岱儿堡（Heidelberg）的一个跳舞盛会。

雄伟的赭色宫堡一体沉浸在满目的银涛中，山下的尼波河（Nubes）有悄悄的进行。

堡内只是舞过闹酒的欢声，那位海量的侏儒今晚已喝到第六十三瓶啤酒，嚷着要吃那大厨里烧烤的全牛，

①原文此处末标段，此系编者所加。

②“泅”疑为“汹”字。

引得满庭假发粉面的男客、长裙如云的女宾，哄堂的大笑。

在笑声里幻想又溜回了不知几十世纪的一个昏夜——

眼前只见烽烟四起，巴南苏斯的群山点成一座照彻云天大火屏，

远远听得呼声，古朴壮硕的呼声，——

“阿加孟龙[①]打破了屈次奄[②]，夺回了海伦[③]，

现在凯旋回雅典了，

希腊的人氏呀，大家快来欢呼呀！——

阿加孟龙，王中的王！”

这呼声又将我幻想的双翼，吹回更不知无量数的由旬，到了一个更古的黑夜，一座大山洞的跟前；

一群男女，老的、少的、腰围兽皮或树叶的原民，蹲踞在一堆柴火的跟前，在煨烤大块的兽肉。猛烈地腾窜的火花，同他们强固的躯体，黝黑多毛的肌肤——这是人类文明的摇荡时期。

---

①现通译为阿伽门农，希腊神话中的迈锡尼王，曾发动特洛伊战争，为希腊联军统帅。

②现通译为特洛伊，小人亚西亚古镇。

③海伦，希腊神话中美人。被特洛伊王子诱走，后由阿伽门农夺回。

夜呀，你是我们的老乳娘！

五

最后飞出气围，飞出了时空的关塞。

当前是宇宙的大观！

几百万个太阳，大的小的，红的黄的，放花竹似的在无极中激震，旋转——

但人类的地球呢？

一海的星砂，却向哪里找去，

不好，他的归路迷了！

夜呀，你在哪里？

光明，你又在哪里？

六

“不要怕，前面有我。”一个声音说。

“你是谁呀？”

“不必问，跟着我来不会错的。我是宇宙的枢纽，我是光明的泉源，我是神圣的冲动，我是生命的生命，我是诗魂的向导；不要多心，跟我来不会错的。”

“我不认识你。”

“你已经认识我！在我的眼前，太阳，草木，星，月，介壳，鸟兽，各类的人，虫豸，都是同胞，他们都是从我取得生命，都受我的爱护，我是太阳的太阳，永生的火焰；

你只要听我指导，不必猜疑，我叫你上山，你不要怕险；

我教你入水，你不要怕淹；我教你蹈火，你不要怕烧；

我叫你跟我走，你不要问我是谁；

我不在这里；也不在那里，但只随便哪里都有我。

若然万象都是空的幻的，我是终古不变的真理与实在；

你方才遨游黑夜的胜迹，你已经得见他许多珍藏的秘密，——你方才经过大海的边沿，不是看见一颗明星似的眼泪吗？——那就是我。

你要真静定，须向狂风暴雨的底里求去；你要真和谐，须向混沌的底里求去；

你要真平安，须向大变乱，大革命的底里求去；

你要真幸福，须向真痛里尝去；

你要真实在，须向真空虚里悟去；

你要真生命，须向最危险的方向访去；

你要真天堂，须向地狱里守去；

这方向就是我。

这是我的话，我的教训，我的启方；

我现在已经领你回到你好奇的出发处，引起你游兴的夜里；

你看这不是湛露的绿草，这不是温驯的康河？愿你再不要多疑，听我的话，不会错的，——我永远在你的周围。

一九二二年七月康桥

马　赛[1]

马赛，你神态何以如此惨淡？
空气中仿佛释透了铁色的矿质，
你拓臂环拥着的一湾海，也在迟重的阳光中，沉闷地呼吸；
一涌青波，一峰白沫，一声呜咽；

地中海呀！
你满怀的牢骚，
恐只有皤白的阿尔帕斯——永远
自万呎高处冷眼下瞰——深浅知悉。

马赛，你面容何以如此惨淡？
这岂是情热猖獗的欧南？
看这一带山岭，筑成天然城堡，

① 1922年8月志摩在自英返国途中曾作《归国杂题》两首：一、《马赛》，二、《地中海》。发表于1922年12月17日《努力周报》第33期。《地中海》曾收入初版本的《志摩的诗》。再版时又将该诗删了。《马赛》未曾收进他的诗集。

雄闳沉着，

一床床的大灰岩，

一丛丛的暗绿林，

一堆堆的方形石灰屋——

光土毛石的尊严

朴素自然的尊严

淡净颜色的尊严——

无愧是水让（cegannе）[①]神感的故乡，

廊大[②]艺术灵魂的手笔！

但普鲁罔司情歌缠绵真挚的精神，

在黑暗中布植文艺复兴种子的精神，

难道也深隐在这些岩片杂草的中间，惨雾淡抹的中间？

马赛，你惨淡的神情，

倍增了我别离的幽感，别离欧土的怆心；

我爱欧化，然我不恋欧洲；

此地景物已非，不如归去；

---

①现通译为塞尚，法国画家。

②疑为法国画家雷诺阿。

家乡有长梗菜饭，米酒肥羔，
此地景物已非，不堪存想。

我游都会繁庶，时有踯躅墟墓之感。
在繁华声色场中，有梦亦多恐怖：
我似见莱茵河边，难民麇伏，
冷月照鸠面青肌，凉风吹褴褛衣结，
柴火几星，便鸡犬也噤无声音；
又似身在咖啡夜馆中，
烟雾里烟香袂影，笑语微闻，
场中有裸女作猥舞，
场背有黑面奴弄器出淫声；
百年来野心迷梦，已教大战血潮冲破；
如凄惶遍地，兽性横行；
不如归去，此地难寻干净人道，
此地难得真挚人情，不如归去！

地中海

海呀！你宏大幽秘的音息，不是无因而来的！
这风稳日丽，也不是无因而然的！
这些进行不歇的波浪，唤起了思想同情的反应——
涨，落——隐，现——去，来……
无量数的浪花，各各不同，各有奇趣的花样，——
一树上没有两张相同的叶片，
天上没有两朵相同的云彩。
地中海呀！你是欧洲文明最老的见证！
魔大的帝国，曾经一再笼卷你的两岸；
霸业的命运，曾经再三在你酥胸上定夺；
无数的帝王，英雄，诗人，僧侣，寇盗，商贾、曾经
在你怀抱中得意，失志，灭亡；
无数的财货，牲畜，人命，舰队，商船，渔艇，曾经
沉入你的无底的渊壑；
无数的朝彩晚霞，星光月色，血腥，血糜，曾经浸染
涂糁你的面庞；
无数的风涛，雷电，炮声，潜艇，曾经扰乱你平安的
居处；

屈洛安城焚的火光，阿脱洛庵家的惨剧，
沙伦女的歌声，迦太基奴女被掳过海的哭声，
维雪维亚炸裂的彩色，
尼罗河口，铁拉法尔加唱凯的歌音……
都曾经供你耳刹那的欢娱。

历史来，历史去：
埃及，波斯，希腊，马其顿，罗马，西班牙——
至多也不过抵你一缕浪花的涨歇，一茎春花的开落！
但是你呢——
依旧冲洗着欧非亚的海岸，
依旧保存着你青年的颜色，
（时间不曾在你面上留痕迹。）
依旧继续着你自在无挂的涨落，
依旧呼啸着你厌世的骚愁，
依旧翻新着你浪花的样式，——
这孤零零地神秘伟大的地中海呀！

康桥再会吧[①]

康桥，再会吧；
我心头盛满了别离的情绪，
你是我难得的知已，我当年
辞别家乡父母，登太平洋去，
（算来一秋二秋，已过了四度
春秋，浪迹在海外，美土欧洲）
扶桑风色，檀香山芭蕉况味，
平波大海，开拓我心胸神意，
如今都变了梦里的山河，
渺茫明灭，在我灵府的底里；
我母亲临别的泪痕，她弱手
向波轮远去送爱儿的巾色，
海风咸味，海鸟依恋的雅意，
尽是我记忆的珍藏，我每次
摩按，总不免心酸泪落，便想
理箧归家，重向母怀中匐伏，

①此诗写于1922年8月10日离英前夕，发表于1923年3月12日《时事新报·学灯》。曾编入初版本《志摩的诗》。

回复我天伦挚爱的幸福；
我每想人生多少跋涉劳苦，
多少牺牲，都只是枉费无补，
我四载奔波，称名求学，毕竟
在知识道上，采得几茎花草，
在真理山中，爬上几个峰腰，
钧天妙乐，曾否闻得，彩红色，
可仍记得？——但我如何能回答？
我但自喜楼高车快的文明，
不曾将我的心灵污抹，今日
我对此古风古色，桥影藻密，
依然能坦胸相见，惺惺惜别。

康桥，再会吧！
你我相知虽迟，然这一年中
我心灵革命的怒潮，尽冲泻
在你妩媚河身的两岸，此后
清风明月夜，当照见我情热
狂溢的旧痕，尚留草底桥边，
明年燕子归来，当记我幽叹
音节，歌吟声息，缦烂的云纹

霞彩，应反映我的思想情感，
此日撒向天空的恋意诗心，
赞颂穆静腾辉的晚景，清晨
富丽的温柔；听！那和缓的钟声
解释了新秋凉绪，旅人别意，
我精魂腾跃，满想化人音波，
震天彻地，弥盖我爱的康桥，
如慈母之于睡儿，缓抱软吻；
康桥！汝永为我精神依恋之乡！
此去身虽万里，梦魂必常绕
汝左右，任地中海疾风东指，
我亦必纡道西回，瞻望颜色；
归家后我母若问海外交好，
我必首数康桥，在温清冬夜
蜡梅前，再细辨此日相与况味；
设如我星明有福，素愿竟酬，
则来春花香时节，当复西航，
重来此地，再捡起诗针诗线，
绣我理想生命的鲜花，实现
年来梦境缠绵的销魂足迹，
散香柔韵节，增媚河上风流；

故我别意虽深，我愿望亦密，
昨宵明月照林，我已向倾吐
心胸的蕴积，今晨雨色凄清，
小鸟无欢，难道也为是怅别
情深，累藤长草茂，涕泪交零！

康桥！山中有黄金，天上有明星，
人生至宝是情爱交感，即使
山中金尽，天上星散，同情还
永远是宇宙间不尽的黄金，
不昧的明星；赖你和悦宁静
的环境，和圣洁欢乐的光阴，
我心我智，方始经爬梳洗涤，
灵苗随春草怒生，沐日月光辉，
听自然音乐，哺啜古今不朽
——强半汝亲栽育——的文艺精英；
恍登万丈高峰，猛回头惊见
真善美浩瀚的光华，覆翼在
人道蠕动的下界，朗然照出
生命的经纬脉络，血赤金黄，
尽是爱主恋神的辛勤手绩；

康桥！你岂非是我生命的泉源？
你惠我珍品，数不胜数；最难忘
骞士德顿桥下的星磷坝乐，
弹舞殷勤，我常夜半凭阑干，
倾听牧地黑野中倦牛夜嚼，
水草间鱼跃虫嗤，轻挑静寞；
难忘春阳晚照，泼翻一海纯金，
淹没了寺塔钟楼，长垣短堞，
千百家屋顶烟突，白水青田，
难忘茂林中老树纵横；巨干上
黛薄荼青，却教斜刺的朝霞，
抹上些微胭脂春意，忸怩神色；
难忘七月的黄昏，远树凝寂，
象墨泼的山形，衬出轻柔暝色，
密稠稠，七分鹅黄，三分桔绿，
那妙意只可去秋梦边缘捕捉；
难忘榆荫中深宵清峭的诗禽，
一腔情热，教玫瑰噙泪点首，
满天星环舞幽吟，款住远近
浪漫的梦魂，深深迷恋香境；
难忘村里姑娘的腮红颈白；

难忘屏绣康河的垂柳婆娑，
婀娜的克莱亚[1]，硕美的校友居；
——但我如何能尽数，总之此地
人天妙合，虽微如寸芥残垣，
亦不乏纯美精神：流贯其间，
而此精神，正如宛次宛士[2]所谓
“通我血液，浃我心脏，”有“镇驯
矫饬之功”；我此去虽归乡土，
而临行怫怫，转若离家赴远；
康桥！我故里闻此，能弗怨汝
僭爱，然我自有说言代汝答付；
我今去了，记好明春新杨梅
上市时节，盼望我含笑归来，
再见吧，我爱的康桥！

①英国剑桥大学的Clare学院。

②现通译“华兹华斯”。

秋月呀[1]

秋月呀！
谁禁得起银指尖儿
浪漫地搔爬呵！
不信但看那一海的轻涛，可不是禁不
住它玉指的抚摩，在那里低徊饮泣
呢！就是那
无聊的熏烟，
秋月的美满，
熏暖了飘心冷眼，
也清冷地穿上了轻缟的衣裳，
来参与这
美满的婚姻和丧礼。

---

①此诗摘自1922年10月6日志摩自英返国途中在船上所写的散文《印度洋上的秋思》，先后发表于1922年11月6日《新浙江，新朋友》及12月29日《晨报副镌》。

第二辑

志摩的诗

雪花的快乐[1]

假如我是一朵雪花，
翩翩的在半空里潇洒，
我一定认清我的方向——
飞飏，飞飏，飞飏，——
这地面上有我的方向。

不去那冷寞的幽谷，
不去那凄清的山麓，
也不上荒街去惆怅——
飞飏，飞飏，飞飏，——
你看，我有我的方向！

在半空里娟娟的飞舞，
认明了那清幽的住处，
等着她来花园里探望——
飞飏，飞飏，飞飏，——

①此诗写于1924年12月30日。发表于1925年1月17日《现代评论》第1卷第6期。

啊，她身上有朱砂梅的清香！

那时我凭借我的身轻，
盈盈的[①]，沾住了她的衣襟，
贴近她柔波似的心胸——
消溶，消溶，消溶——
溶入了她柔波似的心胸！

① 1925 年版《志摩的诗》“盈盈的”为“凝凝的。”

沙扬娜拉一首[1]

赠日本女郎

最是那一低头的温柔，
象一朵水莲花不胜凉风的娇羞，
道一声珍重，道一声珍重，
那一声珍重里有蜜甜的忧愁——
沙扬娜拉！

①此诗是组诗《沙扬娜拉十八首》中最后一首，写于1924年5月随泰戈尔访日期间。组诗收在初版本《志摩的诗》里，再版时，作者删除了前十七首（见《拾遗》），仅存这一首。此诗收入《新月诗选》。沙扬娜拉：日语“再见”的音译。

落叶小唱

一阵声响转上了阶沿
（我正挨近着梦乡边；）
这回准是她的脚步了，我想——
在这深夜！

一声剥啄在我的窗上
（我正靠紧着睡乡旁；）
这准是她来闹著玩——你看，
我偏不张皇！

一个声息贴近我的床，
我说（一半是睡梦，一半是迷惘：）——
“你总不能明白我，你又何苦
多叫我心伤！”

一声喟息落在我的枕边
（我已在梦乡里留恋；）
“我负了你”你说——你的热泪
烫著我的脸！

这声响恼着我的梦魂
（落叶在庭前舞，一阵，又一阵；）
梦完了，呵，回复清醒；恼人的——
却只是秋声！

为 谁

这几天秋风来得格外的尖厉：
我怕看我们的庭院，
树叶伤鸟似的猛旋，
中着了无形的利箭——
没了，全没了：生命，颜色，美丽！

就剩下西墙上的几道爬山虎：
它那豹斑似的秋色，
忍熬着风拳的打击，
低低的喘一声乌邑——
“我为你耐着！”它仿佛对我声诉。

它为我耐着，那艳色的秋萝，
但秋风不容情的追，
追，（摧残是它的恩惠！）
追尽了生命的余辉——
这回墙上不见了勇敢的秋萝！

今夜那青光的三星在天上

倾听着秋后的空院，
悄悄的，更不闻呜咽：
落叶在泥土里安眠——
只我在这深夜，啊，为谁凄惘？

问　谁[①]

问谁？呵，这光阴的播弄
问谁去声诉，
在这冻沉沉的深夜，凄风
吹拂她的新墓？

“看守，你须用心的看守，
这活泼的流溪，
莫错过，在这清波里优游，
青脐与红鳍！”

那无声的私语在我的耳边
似曾幽幽的吹嘘，——
象秋雾里的远山，半化烟，
在晓风前卷舒。

因此我紧揽着我生命的绳网，

① 1935 年 5 月 24 日《武汉日报》副刊《现代文艺》第 15 期曾发表此诗，标题为《志摩遗札》。

象一个守夜的渔翁，
兢兢的，注视着那无尽流的时光——
私冀有彩鳞掀涌。

但如今，如今只余这破烂的渔网——
嘲讽我的希冀，
我喘息的怅望着不复返的时光：
泪依依的憔悴！

又何况在这黑夜里徘徊：
黑夜似的痛楚：
一个星芒下的黑影凄迷——
留恋着一个新墓！

问谁……我不敢抢呼，怕惊扰
这墓底的清淳；
我俯身，我伸手向她搂抱——
啊！这半潮润的新坟！

这惨人的旷野无有边沿，
远处有村火星星，
丛林中有鸱鸮在悍辩——

此地有伤心，只影！

这黑夜，深沉的，环包着大地：
笼罩着你与我——
你，静凄凄的安眠在墓底；
我，在迷醉里摩挲！

正愿天光更不从东方
按时的泛滥：
我便永远依偎着这墓旁——
在沉寂里消幻——

但青曦已在那天边吐露，
苏醒的林鸟，
已在远近间相应的喧呼——
又是一度清晓。

不久，这严冬过去，东风
又来催促青条：
便妆缀这冷落的墓宫，
亦不无花草飘飖。

但为你，我爱，如今永远封禁
在这无情的地下——
我更不盼天光，更无有春信：
我的是无边的黑夜！

这是一个懦怯的世界

这是一个懦怯的世界：
容不得恋爱，容不得恋爱！
披散你的满头发，
赤露你的一双脚；
跟着我来，我的恋爱，
抛弃这个世界
殉我们的恋爱！

我拉着你的手，
爱，你跟着我走；
听凭荆棘把我们的脚心刺透，
听凭冰雹劈破我们的头，
你跟着我走，
我拉着你的手，
逃出了牢笼，恢复我们的自由！

跟着我来，
我的恋爱！
人间已经掉落在我们的后背，——

看呀，这不是白茫茫的大海？
白茫茫的大海，
白茫茫的大海，
无边的自由，我与你与恋爱！

顺着我的指头看，
那天边一小星的蓝——
那是一座岛，岛上有青草，
鲜花，美丽的走兽与飞鸟；
快上这轻快的小艇，
去到那理想的天庭——
恋爱，欢欣，自由——辞别了人间，永远！

去　吧[①]

去吧，人间，去吧！
我独立在高山的峰上；
去吧，人间，去吧！
我面对着无极的穹苍。

去吧，青年，去吧！
与幽谷的香草同埋；
去吧，青年，去吧！
悲哀付与暮天的群鸦。[②]

去吧，梦乡，去吧！
我把幻景的玉杯摔破；
去吧，梦乡，去吧！
我笑受山风与海涛之贺。

---

①此诗写于1924年4月，曾分别在1924年《小说月报》15卷4号和1924年6月17日《晨报副镌》上发表，题为《诗一首》。收入《志摩的诗》时，个别字作了修改。

②初发表时为“悲哀付与暮天之鸦”。

去吧，种种，去吧！
当前有插天的高峰；
去吧，一切，去吧！
当前有无穷的无穷！

一星弱火

我独坐在半山的石上，
看前峰的白云蒸腾，
一只不知名的小雀，
嘲讽着我迷惘的神魂。

白云一饼饼的飞升，
化入了辽远的无垠；
但在我逼仄的心头，啊，
却凝敛着惨雾与愁云！

皎洁的晨光已经透露，
洗净了青屿似的前峰；
象墓墟间的磷光惨淡，
一星的微焰在我的胸中。

但这惨淡的弱火一星，
照射着残骸与余烬，
虽则是往迹的嘲讽，
却绵绵的长随时间进行！

为要寻一个明星[①]

我骑着一匹拐腿的瞎马，
向着黑夜里加鞭；——
向着黑夜里加鞭，
我跨着一匹拐腿的瞎马！

我冲入这黑绵绵的昏夜，
为要寻一颗明星；——
为要寻一颗明星，
我冲入这黑茫茫的荒野。

累坏了，累坏了我胯下的牲口，
那明星还不出现；——
那明星还不出现，
累坏了，累坏了马鞍上的身手。

①此诗发表于 1924 年 12 月《晨报六周年纪念增刊》。

这回天上透出了水晶似的光明，
荒野里倒着一只牲口，
黑夜里躺着一具尸首。——
这回天上透出了水晶似的光明！

不再是我的乖乖[1]

一

前天我是一个小孩，
这海滩最是我的爱；
早起的太阳赛如火炉，
趁暖和我来做我的工夫：
捡满一衣兜的贝壳，
在这海砂上起造宫阙：
哦，这浪头来得凶恶，
冲了我得意的建筑，——
我喊一声海，海！
你是我小孩儿的乖乖！

二

昨天我是一个“情种”，
到这海滩上来发疯；

①此诗发表于1925年1月11日《京报副刊》。

西天的晚霞慢慢的死，
血红变成姜黄，又变紫，
一颗星在半空里窥伺，
我匍伏在沙堆里画字，
一个字，一个字，又一个字，
谁说不是我心爱的游戏？
我喊一声海，海！
不许你有一点儿的更改！

三

今天！咳，为什么要有今天？
不比从前，没了我的疯癫，
再没有小孩时的新鲜，
这回再不来这大海的边沿！
头顶不见天光的方便
海上只暗沉沉的一片
暗潮侵蚀了砂字的痕迹，
却冲不淡我悲惨的颜色——
我喊一声海，海！
你从此不再是我的乖乖！

多谢天！我的心又一度的跳荡

多谢天！我的心又一度的跳荡，
这天蓝与海青与明洁的阳光，
驱净了梅雨时期无欢的踪迹，
也散放了我心头的网罗与纽结，
象一朵曼陀罗花英英的露爽，
在空灵与自由中忘却了迷惘：——
迷惘，迷惘！也不知来自何处，
囚禁着我心灵的自然的流露，
可怖的梦魇，黑夜无边的惨酷，
苏醒的盼切，只增剧灵魂的麻木！
曾经有多少的白昼，黄昏，清晨，
嘲讽我这蚕茧似不生产的生存？
也不知有几遭的明月，星群，晴霞，
山岭的高亢与流水的光华……
辜负！辜负自然界叫唤的殷勤，
惊不醒这沉醉的昏迷与顽冥！

如今，多谢这无名的博大的光辉，
在艳色的青波与绿岛间萦回，

更有那渔船与航影，亭亭的粘附
在天边，唤起辽远的梦景与梦趣：
我不由的惊悚，我不由的感愧
（有时微笑的妩媚是启悟的棒槌！）
是何来倏忽的神明，为我解脱
忧愁，新竹似的豁裂了外箨，
透露内裹的青篁，又为我洗净
障眼的盲翳，重见宇宙间的欢欣。

这或许是我生命重新的机兆；
大自然的精神！容纳我的祈祷，
容许我的不踌躇的注视，容许
我的热情的献致，容许我保持
这显示的神奇，这现在与此地，
这不可比拟的一切间隔的毁灭！
我更不问我的希望，我的惆怅，
未来与过去只是渺茫的幻想，
更不向人间访问幸福的进门，
只求每时分给我不死的印痕，——
变一颗埃尘，一颗无形的埃尘，
追随着造化的车轮，进行，进行，……

我有一个恋爱[①]

我有一个恋爱——
我爱天上的明星；
我爱它们的晶莹：
人间没有这异样的神明。

在冷峭的暮冬的黄昏，
在寂寞的灰色的清晨，
在海上，在风雨后的山顶——
永远有一颗，万颗的明星！

山涧边小草花的知心，
高楼上小孩童的欢欣，
旅行人的灯亮与南针：——
万万里外闪烁的精灵！

---

①此诗手稿篇末注明：“二十六日；半夜”。个别字句有出入。第三行“晶莹”为“光明”，第4行为“我爱他们的恒心”，第6行“清晨”为“侵晨”；第9行“山涧边”为“涧边”，第13行“魂灵”为“心灵”，第17行“冰激”为“冷激”；第20行“心伤”为“伤心”。

我有一个破碎的魂灵，
象一堆破碎的水晶，
散布在荒野的枯草里——
饱啜你一瞬瞬的殷勤。
人生的冰激与柔情，
我也曾尝味，我也曾容忍；
有时阶砌下蟋蟀的秋吟，
引起我心伤，逼迫我泪零。

我袒露我的坦白的胸襟，
献爱与一天的明星；
任凭人生是幻是真，
地球存在或是消泯——
太空中永远有不昧的明星！

无　题[1]

原是你的本分，朝山人的胫踝，
这荆刺的伤痛！回看你的来路，
看那草丛中乱石间斑斑的血迹，
在暮霭里记认你从来的踪迹！
且缓抚摩你的肢体，你的止境
还远在那白云环拱处的山岭！

无声的暮烟，远从那山麓与林边，
渐渐的潮没了这旷野，这荒天，
你渺小的孑影面对这冥盲的前程，
象在怒涛间的轻航失去了南针；
更有那黑夜的恐怖，悚骨的狼嗥，
狐鸣，鹰啸，蔓草间有蝮蛇缠绕！

退后？——昏夜一般的吞蚀血染的来踪，
倒地？——这懦怯的累赘问谁去收容？

---

①赵景深在《志摩师哀辞》中说：“……后来我又与志摩师谈诗，问他对于自己的诗所最喜欢的是哪一首，他说是《无题》。”

前冲？阿，前冲！冲破这黑暗的冥凶，
冲破一切的恐怖，迟疑，畏葸，苦痛，
血淋漓的践踏过三角棱的劲刺，
丛莽中伏兽的利爪，蜿蜒的虫豸！

前冲；灵魂的勇是你成功的秘密！
这回你看，在这决心舍命的瞬息，
迷雾已经让路，让给不变的天光，
一弯青玉似的明月在云隙里探望，
依稀窗纱间美人启齿的瓠犀，——
那是灵感的赞许，最恩宠的赠与！

更有那高峰，你那最想望的高峰，
亦已涌现在当前，莲苞似的玲珑，
在蓝天里，在月华中，秾艳，崇高，——
朝山人，这异象便是你跋涉的酬劳！

消　息[①]

雷雨暂时收敛了；
双龙似的双虹，
显现在雾霭中，
夭矫，鲜艳，生动，——
好兆！明天准是好天了。

什么？又是一阵打雷，——
在云外，在天外，
又是一片暗淡，
不见了鲜虹彩，——
希望，不曾站稳，又毁。

①此诗收入《新月诗选》。发表于1924年12月《孤军周报》第4期。

夜半松风[①]

这是冬夜的山坡，
坡下一座冷落的僧庐，
庐内一个孤独的梦魂：
在忏悔中祈祷，在绝望中沉沦；——

为什么这怒叫，这狂啸，
鼍鼓与金钲与虎与豹，
为什么这么幽诉，这私慕，
烈情的惨剧与人生的坎坷——
又一度潮水似的淹没了
这彷徨的梦魂与冷落的僧庐？

---

①此诗作于 1922 年 2 月 22 日。发表于 1924 年 7 月 11 日《晨报·文学旬刊》第 41 号。

月下雷峰影片[①]

送你一个雷峰塔影，
满天稠密的黑云与白云；
我送你一个雷峰塔顶，
明月泻影在眠熟的波心。

深深的黑夜，依依的塔影，
团团的月彩，纤纤的波鳞——
假如你我荡一支无遮的小艇，
假如你我创一个完全的梦境！

①此诗写于1923年9月16日。志摩在《西湖记》中说：“三潭印月——我不爱什么九曲，也不爱什么三潭，我爱在月光下看雷峰静极了的影子——我见了那个，便不要性命。”

沪杭车中[1]

匆匆匆！催催催！
一卷烟，一片山，几点云影，
一道水，一条桥，一支橹声，
一林松，一丛竹，红叶纷纷：

艳色的田野，艳色的秋景，
梦境似的分明，模糊，消隐，——
催催催！是车轮还是光阴？
催老了秋容，催老了人生！

---

①此诗作于1923年10月30日。发表于1923年《小说月报》第14卷第11号，原名《沪杭道中》。

难　得

难得，夜这般的清静，
难得，炉火这般的温，
更是难得，无言的相对，
一双寂寞的灵魂！

也不必筹营，也不必详论，[①]
更没有虚骄，猜忌与嫌憎，
只静静的坐对着一炉火，
只静静的默数远巷的更。

喝一口白水，朋友，
滋润你的干裂的口唇；
你添上几块煤，朋友，
一炉的红焰感念你的殷勤。

在冰冷的冬夜，朋友，

① 1925 年版《志摩的诗》“详论”为“评论”。

人们方始珍重难得的炉薪；
在这冰冷的世界，
方始凝结了少数同情的心！

古怪的世界[1]

从松江的石湖塘

上车来老妇一双

颤巍巍的承住弓形的老人身，

多谢（我猜是）普陀山的盘龙藤：

青头棉袄，黑布棉套，

头毛半秃，齿牙半耗：

肩挨肩的坐落在阳光暖暖的窗前，

畏葸的，呢喃的，象一对寒天的老燕；

震震的干枯的手背，

震震的皱缩的下颏：

这二老，是妯娌，是姑嫂，是姊妹？——

紧挨着，老眼中有伤悲的眼泪！

①此诗发表于1924年《晨报六周年纪念增刊》。

怜悯！贫苦不是卑贱，
老衰中有无限庄严；——
老年人有什么悲哀，为什么凄伤？
为什么在这快乐的新年，抛却家乡？

同车里杂沓的人声，
轨道上疾转着车轮；[①]
我独自的，独自的沉思这世界古怪——
是谁吹弄着那不调谐的人道的音籁？

---

①手稿此句以下有：“（我沉思，我无言，这是一个古怪的又热，又冷酷，似有情，似无情的世界！）”篇末注明：二月二十日初，二十二再，三月十三再。

天国的消息

可爱的秋景！无声的落叶，
轻盈的，轻盈的，掉落在这小径，
竹篱内，隐约的，有小儿女的笑声；

呖呖的清音，缭绕着村舍的静谧，
仿佛是幽谷里的小鸟，欢噪着清晨，
驱散了昏夜的晦塞，开始无限光明。

霎那的欢欣，昙花似的涌现，
开豁了我的情绪，忘却了春恋，
人生的惶惑与悲哀，惆怅与短促——
在这稚子的欢笑声里，想见了天国！

晚霞泛滥着金色的枫林，
凉风吹拂著我孤独的身形；
我灵海里啸响着伟大的波涛，
应和更伟大的脉搏，更伟大的灵潮！

乡村里的音籁

小舟在垂柳荫间缓泛——
一阵阵初秋的凉风，
吹生了水面的漪绒，
吹来两岸乡村里的音籁。

我独自凭着船窗闲憩，
静看着一河的波幻，
静听着远近的音籁，——
又一度与童年的情景默契！

这是清脆的稚儿的呼唤，
田场上工作纷纭，
竹篱边犬吠鸡鸣：
但这无端的悲感与凄惋！

白云在蓝天里飞行：
我欲把恼人的年岁，
我欲把恼人的情爱，
托付与无涯的空灵——消泯；

回复我纯朴的，美丽的童心：
象山谷里的冷泉一勺，
象晓风里的白头乳鹊，
象池畔的草花，自然的鲜明。

她是睡着了[①]

她是睡着了——
星光下一朵斜欹的白莲；
她入梦境了——
香炉里袅起一缕碧螺烟。

她是眠熟了——
涧泉幽抑制了喧响的琴弦；[②]
她在梦乡了——
粉蝶儿，翠碟儿，翻飞的欢恋。[③]

停匀的呼吸：
清芬渗透了她的周遭的清氛；
有福的清氛，
怀抱着，抚摩着，她纤纤的身形！

奢侈的光阴！

---

①此诗手稿篇末注明：“十九日夜二时半”作。
②手稿此句为：“涧泉幽抑了弦琴的声喧！”
③手稿此句为：“欢情的绻缱”。

静，沙沙的尽是闪亮的黄金，
平铺着无垠，——
波鳞间轻漾着光艳的小艇。

醉心的光景：
给我披一件彩衣，啜一坛芳醴，
折一枝藤花，
舞，在葡萄丛中，颠倒，昏迷。

看呀，美丽！
三春的颜色移上了她的香肌，
是玫瑰，是月季，
是朝阳里的水仙，鲜妍，芳菲！

梦底的幽秘，
挑逗着她的心——纯洁的灵魂，
象一只蜂儿，
在花心，恣意的唐突——温存。

童真的梦境！
静默；休教惊断了梦神的殷勤；
抽一丝金络，

抽一丝银络，抽一丝晚霞的紫曛；

玉腕与金梭，
织缣似的精审，更番的穿度——
化生了彩霞，
神阙，安琪儿的歌，安琪儿的舞。

可爱的梨涡，
解释了处女的梦境的欢喜，
象一颗露珠，
颤动的，在荷盘中闪耀着晨曦！

五老峰

不可摇撼的神奇，
不容注视的威严，
这耸峙，这横蟠，
这不可攀援的峻险！
看！那晚巉岩缺处
透露着天，窈远的苍天，
在无限广博的怀抱间，
这磅礴的伟象显现！

是谁的意境，是谁的想象？
是谁的工程与抟造的手痕？
在这亘古的空灵中
陵慢着天风，天体与天氛！
有时朵朵明媚的彩云，
轻颤的，妆缀着老人们的苍鬓，
象一树虬干的古梅在月下
吐露了艳色鲜葩的清芬！

山麓前伐木的村童，

在山涧的清流中洗濯，呼啸，
认识老人们的嗔颦，
迷雾海沫似的喷涌，铺罩，
淹没了谷内的青林，
隔绝了鄱阳的水色袅渺，
陡壁前闪亮著火电，听呀！
五老们在渺茫的雾海外狂笑！

朝霞照他们的前胸，
晚霞戏逗着他们赤秃的头颅；
黄昏时，听异鸟的欢呼，
在他们鸠盘的肩旁怯怯的透露
不昧的星光与月彩：
柔波里，缓泛着的小艇与轻舸；
听呀！在海会静穆的钟声里，
有朝山人在落叶林中过路！

更无有人事的虚荣，
更无有尘世的仓促与噩梦，
灵魂！记取这从容与伟大，
在五老峰前饱啜自由的山风！
这不是山峰，这是古圣人的祈祷，

凝聚成这“冻乐”似的建筑神工，
给人间一个不朽的凭证，——
一个“崛强的疑问”在无极的蓝空！

朝雾里的小草花[①]

这岂是偶然，小玲珑的野花！
你轻含着鲜露颗颗，[②]
怦动的象是慕光明的花蛾，
在黑暗里想念焰彩，晴霞；

我此时在这蔓草丛中过路，
无端的内感，惆怅与惊讶，
在这迷雾里，在这岩壁下，
思忖着，泪怦怦的，人生与鲜露？

---

①此诗发表于1924年12月5日《晨报·文学旬刊》第55号。原名《庐山小诗两首》：一、《朝雾里的小草花》，二、《山中大雾看景》。收入《志摩的诗》时删除了第二首。

② 1925年版《志摩的诗》以下三行诗为：“你轻含着闪亮的珍珠，/象是慕光明的花蛾，/在黑暗里想念着焰彩、晴霞。”

在那山道旁[①]

在那山道旁，一天雾濛濛的朝上，
初生的小蓝花在草丛里窥觑，
我送别她归去，与她在此分离，
在青草里飘拂，她的洁白的裙衣。

我不曾开言，她亦不曾告辞，
驻足在山道旁，我暗暗的寻思；
“吐露你的秘密，这不是最好时机？”——
露湛的小草花[②]，仿佛恼我的迟疑。

为什么迟疑，这是最后的时机，
在这山道旁，在这雾茫的朝上？
收集了勇气，向着她我旋转身去：——
但是啊！为什么她这[③]满眼凄惶？

---

①此诗发表于1924年12月15日《晨报·文学旬刊》第56号。原诗题下标有“送歆海”。

②1925年版《志摩的诗》“小草花”为“小花”。

③1925年版《志摩的诗》无“这”字。

我咽住了我的话，低下了我的头：
水灼与冰激在我的心胸间回荡，
啊，我认识了我的命运，她的忧愁，——
在这浓雾里，在这凄清的道旁！

在那天朝上，在雾茫茫的山道旁，
新生的小蓝花在草丛里睥睨，
我目送她远去，与她从此分离——
在青草间飘拂，她那洁白的裙衣！

石虎胡同七号[1]

我们的小园庭，有时荡漾着无限温柔：
善笑的藤娘，袒酥怀任团团的柿掌绸缪，
百尺的槐翁，在微风中俯身将棠姑抱搂，
黄狗在篱边，守候睡熟的珀儿，它的小友，
小雀儿新制求婚的艳曲，在媚唱无休——
我们的小园庭，有时荡漾着无限温柔。

我们的小园庭，有时淡描着依稀的梦景；
雨过的苍茫与满庭荫绿，织成无声幽冥，
小蛙独坐在残兰的胸前，听隔院蚓鸣，
一片化不尽的雨云，倦展在老槐树顶，
掠檐前作圆形的舞旋，是蝙蝠，还是蜻蜓？
我们的小园庭，有时淡描着依稀的梦景。

---

①此诗写于 1923 年夏季，发表于 1923 年 8 月 6 日《文学周报》第 82 期。西单牌楼石虎胡同七号是北京松坡图书馆第二馆馆址，专藏外文书籍。徐志摩曾任该馆英文秘书。志摩罹难后，其父将志摩在京图书全部捐赠该馆。诗中所称“蹇翁”系指松坡图书馆二馆负责人蹇季常，饮酒有海量。

我们的小园庭，有时轻喟着一声奈何；
奈何在暴雨时，雨槌下捣烂鲜红无数，
奈何在新秋时，未凋的青叶惆怅地辞树，
奈何在深夜里，月儿乘云艇归去，西墙已度，
远巷薤露的乐音，一阵阵被冷风吹过——
我们的小园庭，有时轻喟着一声奈何。

我们的小园庭，有时沉浸在快乐之中；
雨后的黄昏，满院只美荫，清香与凉风，
大量的蹇翁，巨樽在手，蹇足直指天空，
一斤，两斤，杯底喝尽，满怀酒欢，满面酒红，
连珠的笑响中，浮沉着神仙似的酒翁——
我们的小园庭，有时沉浸在快乐之中。

先生！先生！[1]

钢丝的车轮
在偏僻的小巷内飞奔——
“先生，我给先生请安您哪，先生。”

迎面一蹲身，
一个单布褂的女孩颤动着呼声——
雪白的车轮在冰冷的北风里飞奔。

紧紧的跟，紧紧的跟，
破烂的孩子追赶着铄亮的车轮——
“先生，可怜我一大吧，善心的先生！”

“可怜我的妈，
她又饿又冻又病，躺在道儿边直呻——
您修好，赏给我们一顿窝窝头，您哪，先生！”

---

① 1923年冬志摩居故乡硖石东山麓三不朽祠。临近东寺戏台脚下有乞丐一群，志摩曾送去冬衣，并与他们一起席地喝酒交谈。《先生！先生！》和《叫化活该》均写于此时。此诗写于1923年11月8日，发表于1923年12月11日《晨报·文学旬刊》第20号。

“没有带子儿，”
坐车的先生说，车里戴大皮帽的先生——
飞奔，急转的双轮，紧追，小孩的呼声。

一路旋风似的土尘，
土尘里飞转着银晃晃的车轮——
“先生，可是您出门不能不带钱您哪，先生。”

“先生！……先生！”
紫涨的小孩，气喘着，断续的呼声——
飞奔，飞奔，橡皮的车轮不住的飞奔。

飞奔……先生……
飞奔……先生……
先生……先生……先生……

叫化活该[1]

“行善的大姑，修好的爷，”
西北风尖刀似的猛刺着他的脸。
“赏给我一点你们吃剩的油水吧！”
一团模糊的黑影，捱紧在大门边。

“可怜我快饿死了，发财的爷！”
大门内有欢笑，有红炉，有玉杯；
“可怜我快冻死了，有福的爷！”
大门外西北风笑说：“叫化活该！”

我也是战栗的黑影一堆，
蠕伏在人道的前街，
我也只要一些同情的温暖，
遮掩我的剐残的余骸——

①此诗发表于1924年《晨报六周年纪念增刊》。参见《志摩日记》：“我只是个乞儿，轻拍着人道与同情紧闭的大门，妄想门内人或许有一念的慈悲，给赐一方便，——但我在门外站久了，门内不闻声响，门外劲刻的凉风却仅向着我褴褛的躯骸狂扑，——我好冷呀，大门内慈悲的人们呀！”

但这沉沉的紧闭大门：谁来理睬；
街道上只冷风的嘲讽“叫化活该”！

谁知道[①]

我在深夜里坐着车回家——
一个褴褛的老头他使着劲儿拉；
天上不见一个星，
街上没有一只灯：
那车灯的小火
冲着街心里的土——
左一个颠簸，右一个颠簸，
拉车的走着他的踉跄步；
…………

“我说拉车的，这道儿哪儿能这么的黑？”
“可不是先生？这道儿真——真黑！”
他拉——拉过了一条街，穿过了一座门，
转一个弯，转一个弯，一般的暗沉沉；——
天上不见一个星，

①此诗发表于1924年11月9日《晨报副镌》。原诗注：“星一夜自北新桥蒋寓归时，志摩。”

街上没有一个灯，
那车灯的小火
蒙着街心里的土——
左一个颠簸，右一个颠簸，
拉车的走着他的踉跄步；
…………

“我说拉车的，这道儿哪儿能这么的静？”
“可不是先生？这道儿真——真静！”
他拉——紧贴着一垛墙，长城似的长，
过一处河沿，转入了黑遥遥的旷野；——
天上不露一颗星，
道上没有一只灯：
那车灯的小火
晃着道儿上的土——
左一个颠簸，右一个颠簸，
拉车的走着他的踉跄步；
…………

“我说拉车的，怎么这儿道上一个人都不见？”
“倒是有先生，就是您不大瞧得见！”
我骨髓里一阵子的冷——

那边青缭缭的是鬼还是人？

仿佛听着呜咽与笑声——

啊，原来这遍地都是坟！

天上不亮一颗星，

道上没有一只灯：

那车灯的小火

缭着道儿上的土——

左一个颠簸，右一个颠簸，

拉车的跨着他的跟跄步；

…………

“我说——我说拉车的喂！这道儿哪……哪儿有这儿远？”

“可不是先生？这道儿真——真远！”

“可是……你拉我回家……你走错了道儿没有？”

“谁知道先生！谁知道走错了道儿没有！”

…………

我在深夜里坐着车回家，

一堆不相识的褴褛他使着劲儿拉；

天上不明一颗星，

道上不见一只灯：

只那车灯的小火

袅着道儿上的土——

左一个颠簸，右一个颠簸。

拉车的跨着他的蹒跚步。

残　诗[①]

怨谁？怨谁？这不是青天里打雷？
关着，锁上；赶明儿瓷花砖上堆灰！
别瞧这白石台阶儿光润[②]，赶明儿，唉，
石缝里长草，石板上青青的全是莓！
那廊下的青玉缸里养着鱼，真凤尾，
可还有谁给换水，谁给捞草，谁给喂？
要不了三五天准翻着白肚鼓着眼，
不浮着死，也就让冰分儿压一个扁！
顶可怜是那几个红嘴绿毛的鹦哥，
让娘娘教得顶乖，会跟着洞箫唱歌，
真娇养惯，喂食一迟，就叫人名儿骂，
现在，您叫去！就剩空院子给您答话！……

---

①此诗写于1925年1月，发表于1925年1月15日《晨报·文学旬刊》第59号。原题为《残诗一首》。

② 1925年版《志摩的诗》“光润”为“光滑”。

盖上几张油纸[①]

一片，一片，半空里
掉下雪片；
有一个妇人，有一个妇人，
独坐在阶沿。

虎虎的，虎虎的，风响
在树林间；
有一个妇人，有一个妇人，
独自在哽咽。

为什么伤心，妇人，
这大冷的雪天？
为什么啼哭，莫非是

---

①此诗作于1924年1月26日，发表于1924年11月25日《晨报·文学旬刊》第54号。原诗有序："这首小诗是去年在硖石东山下独居时做的，有实事的背景。那天第一次下雪，天气很冷，有几个朋友带了酒来着我，他们走近我的住处时，见一个妇人坐在阶沿石上很悲伤的哭，他们就问她为什么？她分明有点神经错乱，她说她的儿子在东山脚下躺着，今天下雪天冷，她想着了他，所以买了几张油纸来替他盖上。她叫他，他不答应，所以她哭了。"

失掉了钗钿?

不是的，先生，不是的，
不是为钗钿；
也是的，也是的，我不见了
我的心恋。

那边松林里，山脚下，先生，
有一只小木箧，
装着我的宝贝，我的心，
三岁儿的嫩骨！

昨夜我梦见我的儿
叫一声“娘呀——
天冷了，天冷了，天冷了，
儿的亲娘呀！”

今天果然下大雪；屋檐前
望得见冰条，
我在冷冰冰的被窝里摸——
摸我的宝宝。

方才我买来几张油纸，
盖在儿的床上；
我唤不醒我熟睡的儿——
我因此心伤。

一片，一片，半空里
掉下雪片；
有一个妇人，有一个妇人，
独坐在阶沿。
虎虎的，虎虎的，风响
在树林间：
有一个妇人，有一个妇人，
独自在哽咽。

太平景象[1]

“卖油条的，来六根——再来六根。”
“要香烟吗，老总们，大英牌，大前门？
多留几包也好，前边什么买卖都不成。”

“这枪好，德国来的，装弹时手顺；”
“我哥有信来，前天，说我妈有病；”
“哼，管得你妈，咱们去打仗要紧。”

“亏得在江南。离着家千里的路程，
要不然我的家里人……唉，管得他们
眼红眼青，咱们吃粮的眼不见为净！”

“说是，这世界！做鬼不幸，活着也不称心；
谁没有家人老小，谁愿意来当兵拼命？”
“可是你个听长官说，打伤了有恤金？”

---

①此诗曾分别在1924年9月28日《晨报副镌》及《小说月报》第15卷第8期上发表。原诗有副题：“——江南即景——”是年秋，江苏督军齐燮元和浙江督军卢永祥发生战争，志摩全家迁沪避难。

“我就不稀罕那猫儿哭耗子的‘恤金’！
脑袋就是一个，我就想不透为么要上阵，
砰，砰，打自个儿的弟兄．损己，又不利人。

“你不见李二哥回来，烂了半个脸，全青？
他说前边稻田里的尸体，简直像牛粪，
全的，残的，死透的，半死的．烂臭，难闻。”

“我说这儿江南人倒懂事，他们死不当兵；
你看这路旁的皮棺，那田里玲巧的亭亭，
草也青，树也青，做鬼也落个清静。”

“比不得我们——可不是火车已经开行？——
天生是稻田里的牛粪——唉，稻田里的牛粪！”
“喂，卖油条的，赶上来，快，我还要六根。”

卡尔佛里[1]

喂，看热闹去，朋友！在哪儿？
卡尔佛里。今天是杀人的日子；
两个是贼，还有一个——不知到底
是谁？有人说他是一个魔鬼；
有人说他是天父的亲儿子，
米赛亚[2]……看，那就是，他来了！
咦，为什么有人替他抗着
他的十字架？你看那两个贼，
满头的乱发，眼睛里烧着火，
十字架压著他们的肩背！
他们跟著耶稣走着；唉，耶稣，
他到底是谁？他们都说他有
权威，你看他那样子顶和善，
顶谦卑——听着，他说话了！他说：
“父呀，饶恕他们吧，他们自己
都不知道他们犯的是什么罪。”

---

①此诗发表于1924年11月17日《晨报副镌》，原诗题下有Caluary，即卡尔修里。耶稣被钉死在十字架的地方。

②现通译为弥赛亚（messiah），救世主，即耶稣。

我说你觉不觉得他那话怪，
听了叫人毛管里直淌冷汗？
那黄头毛的贼，你看，好象是
梦醒了，他脸上全变了气色，
眼里直流着白豆粗的眼泪；
准是变善了！谁要能赦了他，
保管他比祭司不差什么高矮！……
再看那妇女们！小羊似的一群，
也跟着耶稣的后背，头也不包，
发也不梳，直哭，直叫，直嚷，
倒象上十字架的是她们亲生
儿子；倒象明天太阳不透亮……
再看那群得意的犹太，法利赛[①]，
法利赛，穿着长袍，戴着高帽，
一脸的奸相；他们也跟在后背，
他们这才得意哪，瞧他们那笑！
我真受不了那假味儿，你呢？
听他们还嚷着哪："快点儿去，
上'人头山'去，钉死他，活钉死他！"……
唉，躲在墙边高个儿的那个？

---

①法利赛（pharisee），古犹太教一个派别，《圣经》中称法利赛为言行不一的伪善者。

不错，我认得，黑黑的脸，矮矮的，
就是他该死，他就是犹大斯[①]！
不错，他的门徒。门徒算什么？
耶稣就让他卖，卖现钱，你知道！
他们也不止一半天的交情哪：
他跟着耶稣吃苦就有好几年。
谁知他贪小，变了心，真是狗屎！
那还只前天，我听说，他们一起
吃晚饭，耶稣与他十二个门徒，
犹大斯就算一枚；耶稣早知道，
迟早他的命，他的血得让他卖；
可不是他的血？吃晚饭时他说，
他把自己的肉喂他们的饿，
也把他自己的血止他们的渴，
意思要他们逢着患难时多少
帮着一点：他还亲手舀着水
替他们洗脚，犹大斯都有分，
还拿自己的腰布替他们擦干！
谁知那大个儿的黑脸他，没等
擦干嘴，就拿他主人去换钱：——

①现通译犹大（Juds）。

听说那晚耶稣与他的门徒
在橄榄山上歇着，冷不防来了，
犹大斯带着路，天不亮就干，
树林里密密的火把象火蛇，
蜒着来了，真恶毒，比蛇还毒，
他一上来就亲他主人的嘴，
那是他的信号，耶稣就倒了霉，
赶明儿你看，他的鲜血就在
十字架上冻着！我信他是好人；
就算他坏，也不该让犹大斯
那样肮脏的卖，那样肮脏的卖！……
我看着惨，看他生生的让人
钉上十字架去，当贼受罪，我不干！
你没听着怕人的预言？我听说
公道一完事，天地都得昏黑——
我真信，天地都得昏黑——回家吧！

一条金色的光痕[1]（硖石土白）

得罪那，问声点看，
我要来求见徐家格位[2]太太，有点事体……
认真则，格位就是太太，真是老太婆哩，
眼睛赤花，连太太都勿认得哩！
是欧[3]，太太，今朝特为[4]打乡下来欧，
乌青青[5]就出门；田里西北风度[6]来野欧，是欧，
太太，为点事体要来求求太太呀！
太太，我拉[7]埭上，东横头，有个老阿太[8]，
姓李，亲丁末……老早死完哩，伊拉[9]格大官官[10]，——
李三官，起先到街上来做长年欧——，早几年

---

①此诗最先发表于1924年2月26日《晨报副镌》。原诗有序，编入《志摩的诗》时删去。现将原诗附录诗后。

②格位：这位。

③欧：语助词，相当于“的”。

④特为：特地。

⑤乌青青：指天将亮。

⑥度：作“大”字解。

⑦我拉：我们。

⑧老阿太：老太婆。

⑨伊拉：他们。

⑩大官官：指儿子。

成了弱病，田末卖掉，病末始终勿曾好；
格位李家阿太老年格运气真勿好，全靠
场头上东帮帮，西讨讨，吃一口白饭，
每年只有—件绝薄欧棉袄靠过冬欧，
上个月听得话李家阿太流火病发，
前夜子西北风起，我野[①]冻得瑟瑟叫抖。
我心里想李家阿太勿晓得那介[②]哩，
昨日子我一早走到伊屋里，真是罪过！
老阿太已经去[③]哩，冷冰冰欧滚在稻草里.
野勿晓得几时脱气欧，野呒不[④]人晓得！
我野呒不法子，只好去喊拢几个人来，
有人话是饿煞欧，有人话是冻煞欧，
我看一半是老病，西北风野作兴[⑤]有点欧；——
为此我到街上来，善堂里格位老爷
本[⑥]里一具棺材，我乘便来求求太太，
做做好事，我晓得太太是顶善心欧，
顶好有旧衣裳本格件把，我还想去

①野：也。
②那介：怎样。
③去：指“死去”。
④呒不：没有。
⑤作兴：可能。
⑥本：给。

买一刀锭箔；我自己屋里野是滑白[①]欧，
我只有五升米烧顿饭本两个帮忙欧吃，
伊拉抬了材，外加收作，饭总要吃一顿欧，
太太是勿是？……嗳，是欧！嗳，是欧！
喔唷，太太认真好来，真体恤我拉穷人…
格套衣裳正好……喔唷，害太大还要
难为洋钿……喔唷，喔唷……我只得
朝太太磕一个响头，代故世欧谢谢！
喔唷，那么真真多谢，真欧，太太……

①滑白：一贫如洗。

灰色的人生[①]

我想——我想开放我的宽阔的粗暴的嗓音，唱一支野蛮的大胆的骇人的新歌；
我想拉破我的袍服，我的整齐的袍服，露出我的胸膛，肚腹，肋骨和筋络；
我想放散我一头的长发，象一个游方僧似的披散着一头的乱发；
我也想跣我的脚，跣我的脚，在巉牙似的道上，快活地，无畏地走着。

我要调谐我的嗓音，傲慢的，粗暴的，唱一阕荒唐的，摧残的，弥漫的歌调；
我伸出我的巨大的手掌，向着天与地，海与山，无餍地求讨，寻捞；

---

①此诗发表于1923年10月21日《努力周报》第75期。《志摩日记·西湖记》1923年10月12日有如下一段，可供参阅："沫若入室时，我还在想做诗，他去后方续成。用诗的最后的语句作题——《灰色的人生》。问樵到读了好几篇，似乎很有兴会似的。……同谭裕靠在楼窗上看街。他列说对街几家店铺的隐幕，颇使我感触。卑污的，罪恶的人道，难道便不是人道了吗？"

我一把揪住了西北风，问它要落叶的颜色，
我一把揪住了东南风，问它要嫩芽的光泽；
我蹲身在大海的边旁，倾听它伟大的酣睡的声浪；
我捉住了落日的彩霞，远山的露霭，秋月的明辉，
散放在我的发上，胸前，袖里，脚底……
我只是狂喜地大踏步向前——向前——口唱着暴烈的，粗伧的，不成章的歌调；
来，我邀你们到海边去，听风涛震撼太空的声调；
来，我邀你们到山中去，听一柄利斧斫伐老树的清音；
来，我邀你们到密室里去，听残废的，寂寞的灵魂的呻吟；
来，我邀你们到云霄外去，听古怪的大鸟孤独的悲鸣；
来，我邀你们到民间去，听衰老的，病痛的，贫苦的，残毁的，受压迫的，烦闷的，奴服的，懦怯的，丑陋的，罪恶的，自杀的，——和着深秋的风声与雨声——合唱的“灰色的人生”！

破　庙[1]

慌张的急雨将我
赶入了黑丛丛的山坳，
迫近我头顶在腾拿，
恶狠狠的乌龙巨爪；
枣树兀兀地隐蔽着
一座静悄悄的破庙，
我满身的雨点雨块，
躲进了昏沉沉的破庙；

雷雨越发来得大了：
霍隆隆半天里霹雳，
豁喇喇林叶树根苗，
山谷山石，一齐怒号，
千万条的金剪金蛇，
飞入阴森森的破庙，
我浑身战抖，趁电光
估量这冷冰冰的破庙；

---

①此诗发表于1923年6月11日《晨报·文学旬刊》。

我禁不住大声啼叫，
电光火把似的照耀，
照出我身旁神龛里
一个青面狞笑的神道，
电光去了，霹雳又到，
不见了狞笑的神道，
硬雨石块似的倒泻——
我独身藏躲在破庙；

千年万年应该过了！
只觉得浑身的毛窍，
只听得骇人的怪叫，
只记得那凶恶的神道，
忘记了我现在的破庙；
好容易雨收了，雷休了，
血红的太阳，满天照耀，
照出一个我，一座破庙！

恋爱到底是什么一回事[①]

恋爱他到底是什么一回事？——
他来的时候我还不曾出世；
太阳为我照上了二十几个年头，
我只是个孩子，认不识半点愁；
忽然有一天——我又爱又恨那一天——
我心坎里痒齐齐的有些不连牵，
那是我这辈子第一次的上当，
有人说是受伤——你摸摸我的胸膛——
他来的时候我还不曾出世，
恋爱他到底是什么一回事？

这来我变了，一只没笼头的马，
跑遍了荒凉的人生的旷野；
又象那古时间献璞玉的楚人，
手指着心窝，说这里面有真有真，
你不信时一刀拉破我的心头肉，
看那血淋淋的一掬是玉不是玉；

---

①初版本《志摩的诗》无此诗，再版时加入。

血！那无情的宰割，我的灵魂！
是谁逼迫我发最后的疑问？
疑问！这回我自己幸喜我的梦醒，
上帝，我没有病，再不来对你呻吟！
我再不想成仙，蓬莱不是我的分；
我只要这地面，情愿安分的做人，——
从此再不问恋爱是什么一回事，
反正他来的时候我还不曾出世！

常州天宁寺闻礼忏声[①]

有如在火一般可爱的阳光里，偃卧在长梗的，杂乱的丛草里，听初夏第一声的鹧鸪，从天边直响入云中，从云中又回响到天边；
有如在月夜的沙漠里，月光温柔的手指，轻轻的抚摩着一颗颗热伤了的砂砾，在鹅绒般软滑的热带的空气里，听一个骆驼的铃声，轻灵的，轻灵的，在远处响着，近了，近了，又远了……
有如在一个荒凉的山谷里，大胆的黄昏星，独自临照着阳光死去了的宇宙，野草与野树默默的祈祷着，听一个瞎子，手扶着一个幼童，铛的一响算命锣，在这黑沉沉的世界里回响着；
有如在大海里的一块礁石上，浪涛象猛虎般的狂扑

---

①此诗写于1923年10月26日，发表于1923年11月11日《晨报·文学旬刊》第17号。《志摩日记·西湖记》1923年10月4日有如下一段，可供参阅：
“昨天与君劢、菊农等去常州。乘便游了天宁寺，大殿上有一、二百个和尚在礼忏，钟声，磬声，佛号声，合成一种宁静的和谐，使我感到异样的意境。走进大殿去，只闻着极浓馥的檀香，青色的氤氲，一直上腾到三世佛的面前，又是一种庄严而和蔼，静定的境界。”

着，天空紧紧的绷着黑云的厚幕，听大海向那威吓着的风暴，低声的，柔声的，忏悔它一切的罪恶；有如在喜马拉雅的顶巅，听天外的风，追赶着天外的云的急步声，在无数雪亮的山壑间回响着；有如在生命的舞台的幕背，听空虚的笑声，失望与痛苦的呼吁声，残杀与淫暴的狂欢声，厌世与自杀的高歌声，在生命的舞台上合奏着；

我听着了天宁寺的礼忏声！

这是哪里来的神明？人间再没有这样的境界！

这鼓一声，钟一声，磬一声，木鱼一声，佛号一声……乐音在大殿里，迂缓的，曼长的回荡着，无数冲突的波流谐合了，无数相反的色彩净化了，无数现世的高低消灭了……

这一声佛号，一声钟，一声鼓，一声木鱼，一声磬，谐音盘礴在宇宙间——解开一小颗时间的埃尘，收束了无量数世纪的因果；

这是哪里来的大和谐——星海里的光彩，大千世界的音籁，真生命的洪流：止息了一切的动，一切的扰攘；

在天地的尽头，在金漆的殿椽间，在佛像的眉宇间，
在我的衣袖里，在耳鬓边，在官感里，在心灵里，
在梦里……

在梦里，这一瞥间的显示，青天，白水，绿草，慈
母温软的胸怀，是故乡吗？是故乡吗？

光明的翅羽，在无极中飞舞！
大圆觉底里流出的欢喜，在伟大的，庄严的，寂灭的，
无疆的，和谐的静定中实现了！

颂美呀，涅槃！赞美呀，涅槃！

毒　药[1]

今天不是我歌唱的日子，我口边涎着狞恶的微笑，
不是我说笑的日子，我胸怀间插着发冷光的利刃；
相信我，我的思想是恶毒的因为这世界是恶毒的，我的灵魂是黑暗的因为太阳已经灭绝了光彩，我的声调是象坟堆里的夜鸮因为人间已经杀尽了一切的和谐，我的口音象是冤鬼责问他的仇人因为一切恩已经让路给一切的怨；
但是相信我，真理是在我的话里虽则我的话象是毒药，真理是永远不含糊的虽则我的话里仿佛有两头蛇的舌，蝎子的尾尖，蜈蚣的触须；只因为我的心里充满着比毒药更强烈，比咒诅更狠毒，比火焰更猖狂，比死更深奥的不忍心与怜悯心与爱心，所以我说的话是毒性的，咒诅的，燎灼的，虚无的；
相信我，我们一切的准绳已经埋没在珊瑚土打紧的墓宫里，最劲冽的祭肴的香味也穿不透这严封的地层：一切的准则是死了的；

---

①《婴儿》、《白旗》、《毒药》三首均写于1924年9月。发表于1924年10月5日《晨报·文学旬刊》，其中《毒药》又于1926年《现代评论》一周年增刊上单独发表过。

我们一切的信心象是顶烂在树枝上的风筝，我们手里擎着这迸断了的鹞线；一切的信心是烂了的；

相信我，猜疑的巨大的黑影，象一块乌云似的，已经笼盖着人间一切的关系：人子不再悲哭他新死的亲娘，兄弟不再来携着他姊妹的手，朋友变成了寇仇，看家的狗回头来咬他主人的腿：是的，猜疑淹没了一切；在路旁坐着啼哭的，在街心里站着的，在你窗前探望的，都是被奸污的处女：池潭里只见些烂破的鲜艳的荷花；

在人道恶浊的涧水里流着，浮荇似的，五具残缺的尸体，它们是仁义礼智信，向着时间无尽的海澜里流去；

这海是一个不安靖的海，波涛猖獗的翻着，在每个浪头的小白帽上分明的写着人欲与兽性；

到处是奸淫的现象：贪心搂抱着正义，猜忌逼迫着同情，懦怯狎亵着勇敢，肉欲侮弄着恋爱，暴力侵凌着人道，黑暗践踏着光明；

听呀，这一片淫猥的声响，听呀，这一片残暴的声响；

虎狼在热闹的市街里，强盗在你们妻子的床上，罪恶在你们深奥的灵魂里……

1929 年志摩在暨南大学讲演时说：“我有一首《毒药》——一首不成形的咒诅的诗，发泄了我一腔的闷气。但我却并不绝望，并不悲观。在极深刻的沉闷的底里，我那时还摸着了希望。所以我在《婴儿》那首不成形诗最后一节——那诗的后段，在描写一个产妇，在她生的受罪中，还含有希望的句子。”

志摩在《自剖》中又说：“记得前年直奉战争时我过的那日子简直是一团黑漆，每晚更深时，独自抱着脑壳伏在书桌上受罪，仿佛整个时代的沉闷盖在我的头顶，一直到写下了《毒药》那几首不成形的咒诅诗以后，我的心头的紧张才渐渐的缓和下去。”

白　旗

来，跟着我来，拿一面白旗在你们的手里——不是上面写着激动怨毒，鼓励残杀字样的白旗，也不是涂着不洁净血液的标记的白旗，也不是画着忏悔与咒语的白旗（把忏悔画在你们的心里）；

你们排列着，噤声的，严肃的，象送丧的行列，不容许脸上留存一丝的颜色，一毫的笑容，严肃的，噤声的，象一队决死的兵士；

现在时辰到了，一齐举起你们手里的白旗，象举起你们的心一样，仰看着你们头顶的青天，不转瞬的，恐惶的，象看着你们自已的灵魂一样；

现在时辰到了，你们让你们熬着，壅着，迸裂着，滚沸着的眼泪流，直流，狂流，自由的流，痛快的流，尽性的流，象山水出峡似的流，象暴雨倾盆似的流……

现在时辰到了，你们让你们咽着，压迫着，挣扎着，汹涌着的声音嚎，直嚎，狂嚎，放肆的嚎，凶狠的嚎，象飓风在大海波涛间的嚎，象你们丧失了最亲爱的骨肉时的嚎……

现在时辰到了，你们让你们回复了的天性忏悔，让

眼泪的滚油煎净了的，让嚎恸的雷霆震醒了的天性
忏悔，默默的忏悔，悠久的忏悔、沉彻的忏悔、象
冷峭的星光照落在一个寂寞的山谷里，象一个黑衣
的尼僧匐伏在一座金漆的神龛前；……
在眼泪的沸腾里，在嚎恸的酣彻里，在忏悔的沉寂里，
你们望见了上帝永久的威严。

婴 儿

我们要盼望一个伟大的事实出现，我们要守候一个馨香的婴儿出世：——

你看他那母亲在她生产的床上受罪！

她那少妇的安详，柔和，端丽，现在在剧烈的阵痛里变形成不可信的丑恶：你看她那遍体的筋络都在她薄嫩的皮肤底里暴涨着，可怕的青色与紫色，象受惊的水青蛇在田沟里急泅似的，汗珠站在她的前额上象一颗颗的黄豆。她的四肢与身体猛烈的抽搐着，畸屈着，奋挺着，纠旋着，仿佛她垫着的席子是用针尖编成的，仿佛她的帐围是用火焰织成的；

一个安详的，镇定的，端庄的，美丽的少妇，现在在绞痛的惨酷里变形成魔[2]鬼似的可怖：她的眼，一时紧紧的阖着，一时巨大的睁着，她那眼，原来象冬夜池潭里反映着的明星，现在吐露着青黄色的凶焰，眼珠象是烧红的炭火，映射出她灵魂最后的奋斗，她的原来朱红色的口唇，现在象是炉底的冷灰，她的口颤着，撅着，扭着，死神的热烈的亲吻不容许她一息的

---

① 1925 年版《志摩的诗》“魔”为“魇”。

平安，她的发是散披着，横在口边，漫在胸前，象揪乱的麻丝，她的手指间[①]紧抓着几穗拧下来的乱发；
这母亲在她生产的床上受罪：——
但[②]她还不曾绝望，她的生命挣扎着血与肉与骨与肢体的纤微，在危崖的边沿上，抵抗着，搏斗着，死神的逼迫；
她还不曾放手，因为她知道（她的灵魂知道！）
这苦痛不是无因的，因为她知道她的胎宫里孕育着一点比她自己更伟大的生命的种子，包涵着一个比一切更永久的婴儿；
因为她知道这苦痛是婴儿要求出世的征候，是种子在泥土里爆裂成美丽的生命的消息，是她完成她自己生命的使命的时机；
因为她知道这忍耐是有结果的，在她剧痛的昏瞀中，她仿佛听着上帝准许人间祈祷的声音，她仿佛听着天使们赞美未来的光明的声音；
因此她忍耐着，抵抗着，奋斗着……她抵拚绷断她统体的纤微，她要赎出在她那胎宫里动荡的生命，在她一个完全，美丽的婴儿出世的盼望中，最锐利，最沉酣的痛感逼成了最锐利最沉酣的快感……

---

① 1925 年版《志摩的诗》此处有一“还”字。

② 1925 年版《志摩的诗》此处有“是”字。

第三辑

翡冷翠的一夜

翡冷翠的一夜[①]

你真的走了，明天？那我，那我，……
你也不用管，迟早有那一天；
你愿意记着我，就记着我，
要不然趁早忘了这世界上
有我，省得想起时空着恼，
只当是一个梦，一个幻想；
只当是前天我们见的残红，
怯怜怜的在风前抖擞，一瓣，
两瓣，落地，叫人踩，变泥……
唉，叫人踩，变泥——变了泥倒干净，
这半死不活的才叫是受罪，
看着寒伧，累赘，叫人白眼——
天呀！你何苦来，你何苦来……
我可忘不了你，那一天你来，

---

① 1925年3月10日志摩离国经西伯利亚访欧。同年8月返国。此诗写于意大利。翡冷翠（Firenze，意大利文）是意大利的一个城市，现通译为佛罗伦萨（英文作Florence）。此诗分别发表于1926年1月2日《现代评论》第3卷56期和1926年1月6日《晨报副镌》。

就比如黑暗的前途见了光彩，
你是我的先生，我爱，我的恩人，
你教给我什么是生命，什么是爱，
你惊醒我的昏迷，偿还我的天真，
没有你我哪知道天是高，草是青？
你摸摸我的心，它这下跳得多快；
再摸我的脸，烧得多焦，亏这夜黑
看不见；爱，我气都喘不过来了，
别亲我了；我受不住这烈火似的活，
这阵子我的灵魂就象是火砖上的
熟铁，在爱的槌子下，砸，砸，火花
四散的飞洒……我晕了，抱着我，
爱，就让我在这儿清静的园内，
闭着眼，死在你的胸前，多美！
头顶白杨树上的风声，沙沙的，
算是我的丧歌，这一阵清风，
橄榄林里吹来的，带着石榴花香，
就带了我的灵魂走，还有那萤火，
多情的殷勤的萤火，有他们照路，
我到了那三环洞的桥上再停步，
听你在这儿抱着我半暖的身体，
悲声的叫我，亲我，摇我，咂我，……

我就微笑的再跟着清风走，
随他领着我，天堂，地狱，哪儿都成，
反正丢了这可厌的人生，实现这死
在爱里，这爱中心的死，不强如
五百次的投生？……自私，我知道，
可我也管不着……你伴着我死？
什么，不成双就不是完全的“爱死”，
要飞升也得两对翅膀儿打伙，
进了天堂还不一样的得照顾，
我少不了你，你也不能没有我；
要是地狱，我单身去你更不放心，
你说地狱不定比这世界文明
（虽则我不信，）象我这娇嫩的花朵，
难保不再遭风暴，不叫雨打，
那时候我喊你，你也听不分明，——
那不是求解脱反投进了泥坑，
倒叫冷眼的鬼串通了冷心的人，
笑我的命运，笑你懦怯的粗心？
这话也有理，那叫我怎么办呢？
活着难，太难，就死也不得自由，
我又不愿你为我牺牲你的前程……
唉！你说还是活着等，等那一天！

有那一天吗？——你在，就是我的信心；
可是天亮你就得走，你真的忍心
丢了我走？我又不能留你，这是命；
但这花，没阳光晒，没甘露浸，
不死也不免瓣尖儿焦萎，多可怜！
你不能忘我，爱，除了在你的心里，
我再没有命；是，我听你的话，我等，
等铁树儿开花我也得耐心等；
爱，你永远是我头顶的一颗明星：
要是不幸死了，我就变一个萤火，
在这园里，挨着草根，暗沉沉的飞，
黄昏飞到半夜，半夜飞到天明，
只愿天空不生云，我望得见天
天上那颗不变的大星，那是你，
但愿你为我多放光明，隔着夜，
隔着天，通着恋爱的灵犀一点……

六月十一日，一九二五年翡冷翠山中

呻吟语[①]

我亦愿意赞美这神奇的宇宙，
我亦愿意忘却了人间有忧愁，
象一只没挂累的梅花雀，
清朝上歌唱，黄昏时跳跃；——
假如她清风似的常在我的左右！

我亦想望我的诗句清水似的流，
我亦想望我的心池鱼似的悠悠；
但如今膏火是我的心，
再休问我闲暇的诗情？——
上帝！你一天不还她生命与自由！

①此诗发表于1925年9月3日《晨报副镌》。

“我要你”[①]

（“Amoris Victima”[②]第六首 Arthur Symons）

我不能没有你：你是我的，这多久
是我唯一的奴隶，我唯一的女后。
我不能没有你：你早经变成了
我自身的血肉，比我的更切要。
我要你！随你开口闭口，笑或是嗔，
只要你来伴着我一个小小的时辰，
让我亲吻你。你的手，你的发，你的口，
让我在我的手腕上感觉你的指头。
我不能没有你，世上多的是男子们，
他们爱，说一声再会，转身又是昏沉：
我只是知道我要你，我要的就只你，
就为的是我要你。只要你能知道些微
我怎样的要你！假如你一天知道
我心头要你的饿慌，要你的火烧！

---

①此诗为译诗，作者：阿瑟·西蒙斯。英国诗人、评论家。刊于1925年11月25日《晨报副镌》，署名鹤。

②西班牙文：爱的牺牲者。

他怕他说出口[①]

（朋友，我懂得那一条骨鲠，
难受不是？——难为你的咽喉；）
“看，那草瓣上蹲着一只蚱蜢，
那松林里的风声像箜篌。”

（朋友，我明白，你的眼水里
闪动着你真情的泪晶；）
“看，那一双蝴蝶连翩的飞；
你试闻闻这紫兰花馨！”

（朋友，你的心在怦怦的动：
我的也不一定是安宁；）
“看，那一对雌雄的双虹！
在云天里卖弄着娉婷；”

（这不是玩，还是不出口的好，
我顶明白你灵魂里的秘密；）

①此诗发表于 1925 年 4 月 25 日《晨报·文学旬刊》第 68 号。

那是句致命的话，你得想到，
回头你再来追悔那又何必！

（我不愿你进火焰里去遭罪，
就我——就我也不情愿受苦！）
“你看那双虹已经完全破碎；
花草里不见了蝴蝶儿飞舞。”

（耐着！美不过这半绽的花蕾；
何必再添深这颊上的薄晕？）
“回走吧，天色已是怕人的昏黑，——
明儿再来看鱼肚色的朝云！”

偶　然[①]

我是天空里的一片云，
偶尔投影在你的波心——
你不必惊异，
更无须欢喜——
在转瞬间消灭了踪影。

你我相逢在黑夜的海上，
你有你的，我有我的，方向；
你记得也好，
最好你忘掉，
在这交会时互放的光亮！

①此诗写于1926年5月中旬，发表于1926年5月27日《晨报副镌·诗镌》第9期。此诗系志摩与小曼合写剧本《卞昆冈》第五幕中老瞎子弹三弦时所唱的歌词。

珊　瑚[1]

你再不用想我说话，
我的心早沉在海水底下，
你再不用向我叫唤：
因为我——我再不能回答！

除非你——除非你也来在
这珊瑚骨环绕的又一世界，
等海风定时的一刻清静，
你我来交互你我的幽叹。

①此诗发表于1926年9月29日《晨报副镌》，署名删我。

变与不变[1]

树上的叶子说："这来又变样儿了，
你看，有的是抽心烂，有的是卷边焦！"
"可不是，"答话的是我自己的心：
它也在冷酷的西风里褪色，凋零。

这时候连翩的明星爬上了树尖；
"看这儿，"它们仿佛说，"有没有改变？"
"看这儿，"无形中又发动了一个声音，
"还不是一样鲜明？"——插话的是我的魂灵！

①此诗写于 1927 年春季。

丁当——清新[①]

檐前的秋雨在说什么?
它说摔了她，忧郁什么?
我手拿起案上的镜框，
在地平上摔一个丁当。

檐前的秋雨又在说什么?
“还有你心里那个留着做什么?”
蓦地里又听见一声清新——
这回摔破的是我自己的心!

①此诗作于1925年秋。发表于1925年12月1日《晨报七周年纪念增刊》。陈梦家在《纪念志摩》中说:“他(志摩)向我说过，《翡冷翠的一夜》中《偶然》、《丁当——清新》几首诗划开了他前后两期的鸿沟。他抹去了以前的火气，用整齐柔丽清爽的诗句，来写出那微妙的灵魂的秘密。”

我来扬子江边买一把莲蓬[1]

我来扬子江边买一把莲蓬；
手剥一层层莲衣，
看江鸥在眼前飞，
忍含着一眼悲泪——
我想着你，我想着你，啊小龙！

我尝一尝莲瓤，回味曾经的温存：——
那阶前不卷的重帘，
掩护着同心的欢恋：
我又听着你的盟言，
"永远是你的，我的身体，我的灵魂。"

我尝一尝莲心，我的心比莲心苦；
我长夜里怔忡，
挣不开的恶梦，
谁知我的苦痛？

---

①此诗最先写在1925年9月9日的日记《志摩日记·爱眉小札》内。发表于1925年10月29日《晨报副镌》，署名海谷。

你害了我，爱，这日子叫我如何过？

但我不能责你负，我不忍猜你变，
我心肠只是一片柔：
你是我的！我依旧
将你紧紧的抱搂——
除非是天翻——但谁能想象那一天？

客　中[①]

今晚天上有半轮的下弦月；
我想携着她的手，
望明月多处走——
一样是清光，我说，圆满或残缺。

园里有一树开剩的玉兰花，
她有的是爱花癖，
我爱看她的怜惜——
一样是芬芳，她说，满花与残花。

浓阴里有一只过时的夜莺；

①此诗原写在《志摩日记》1925年9月13日的《爱眉小札》内，诗前有这样一段话可供参阅："西湖上见得着我的眉（小曼）吗？我本站在一个光亮的地位，你拿一个黑影子丢上我的身来，我没法摆脱……

The sufferer has no night to pessimism

这话里有电，有震醒力！

十日在栈里做了一首诗：……"

这诗就是《客中》。曾署名海谷发表于1925年12月10日《晨报副镌》。

她受了秋凉，

不如从前浏亮——

快死了，她说，但我不悔我的痴情！

但这莺，这一树花，这半轮月————

我独自沉吟，

对着我的身影————

她在哪里，啊，为什么伤悲，凋谢，残缺？

三月十二深夜大沽口外[1]

今夜困守在大沽口外：
绝海里的俘虏，
对着忧愁申诉；
桅上的孤灯在风前摇摆：
天昏昏有层云裹，
那掣电是探海火！

你说不自由是这变乱的时光？
但变乱还有时罢休，
谁敢说人生有自由？
今天的希望变作明天的怅惘；
星光在天外冷眼瞅，
人生是浪花里的浮沤！

我此时在凄冷的甲板上徘徊，
听海涛迟迟的吐沫，

---

①此诗作于1924年3月12日。发表于1926年3月22日《晨报副镌》。

心空如不波的湖水；

只一丝云影在这湖心晃动——

不曾渗透的一个迷梦，

不忍渗透的一个迷梦！

半夜深巷琵琶[①]

又被它从睡梦中惊醒，深夜里的琵琶！
是谁的悲思，
是谁的手指，
象一阵凄风，象一阵惨雨，象一阵落花，
在这夜深深时，
在这睡昏昏时，
挑动着紧促的弦索，乱弹着宫商角徵，
和着这深夜，荒街，
柳梢头有残月挂，
啊，半轮的残月，象是破碎的希望他，他
头戴一顶开花帽，
身上带着铁链条，
在光阴的道上疯了似的跳，疯了似的笑，
完了，他说，吹糊你的灯，
她在坟墓的那一边等，
等你去亲吻，等你去亲吻，等你去亲吻！

①写于1926年5月，初载同年5月20日《晨报副刊·诗镌》第8期。

决 断[①]

我的爱：
再不可迟疑；
误不得
这唯一的时机。

天平秤——
在你自己心里，
哪头重——
砝码都不用比！

你我的——
哪还用着我提？
下了种，
就得完功到底。

生，爱，死——

---

①此诗发表于1925年11月25日《晨报副镌》，署名海谷。

三连环的迷谜；
拉动一个，
两个就跟着挤。

老实说，
我不希罕这活，
这皮囊，——
哪处不是拘束。

要恋爱，
要自由，要解脱——
这小刀子，
许是你我的天国！

可是不死
就得跑，远远的跑；
谁耐烦
在这猪圈里捞骚？

险——
不用说，总得冒，
不拼命，

哪件事拿得着？

看那星，
多勇猛的光明！
看这夜，
多庄严，多澄清！

走吧，甜，
前途不是暗昧；
多谢天，
从此跑出了轮回！

最后的那一天

在春风不再回来的那一年，
在枯枝不再青条的那一天，
那时间天空再没有光照，
只黑蒙蒙的妖氛弥漫着
太阳，月亮，星光死去了的空间；

在一切标准推翻的那一天，
在一切价值重估的那时间：
暴露在最后审判的威灵中，
一切的虚伪与虚荣与虚空：
赤裸裸的灵魂们匍匐在主的跟前；——

我爱，那时间你我再不必张皇，
更不须声诉，辨冤，再不必隐藏，——
你我的心，像一朵雪白的并蒂莲，
在爱的青梗上秀挺，欢欣，鲜妍，——
在主的跟前，爱是唯一的荣光。

"起造一座墙"①

你我千万不可亵渎那一个字，
别忘了在上帝跟前起的誓。
我不仅要你最柔软的柔情，
蕉衣似的永远裹着我的心；
我要你的爱有纯钢似的强，
在这流动的生里起造一座墙；
任凭秋风吹尽满园的黄叶，
任凭白蚁蛀烂千年的画壁；
就使有一天霹雳震翻了宇宙，——
也震不翻你我"爱墙"内的自由！

---

①此诗写于1925年8月，发表于1925年9月5日《现代评论》第2卷第39期。

望　月[①]

月：我隔着窗纱，在黑暗中，
望她从巉岩的山肩挣起——
一轮惺忪的不整的光华：
像一个处女，怀抱着贞洁，
惊惶的，挣出强暴的爪牙；

这使我想起你，我爱，当初
也曾在恶运的利齿间捱！
但如今，正如蓝天里明月，
你已升起在幸福的前峰，
洒光辉照亮地面的坎坷！

①此诗发表于1926年5月6日《晨报副镌·诗镌》。

白须的海老儿[①]

那船平空在海中心抛锚，
也不顾我心头野火似的烧！
那白须的海老倒象有同情，
他声声问的是为甚不进行？

我伸手向黑暗的空间抱，
谁说这缥缈不是她的腰？
我又飞吻给银河边的星，
那是我爱最灵动的明睛。

但这来白须的海老又生恼
（他忌妒少年情，别看他年老！）
他说你情急我偏给你不行，
你怎生跳度这碧波的无垠？

果然那老顽皮有他的蹊跷，
这心头火差一点变海水里泡！

---

①此诗发表于1926年3月27日《晨报副镌》，署名海谷。

但此时我忙着亲我爱的香唇，
谁耐烦再和白须的海老儿争？

再休怪我的脸沉[①]

不要着恼，乖乖，不要怪嫌
我的脸绷得直长，
我的脸绷得是长，
可不是对你，对恋爱生厌。

不要凭空往大坑里盲跳：
胡猜是一个大坑，
这里面坑得死人；
你听我讲，乖，用不着烦恼。

你，我的恋爱，早就不是你：
你我早变成一身，
呼吸，命运，灵魂——
再没有力量把你我分离。

你我比是桃花接上竹叶，

①此诗发表于1926年4月29日《晨报副镌·诗镌》第5期。

露水合着嘴唇吃，
经脉胶成同命丝，
单等春风到开一个满艳。
谁能怀疑他自创的恋爱？
天空有星光耿耿，
冰雪压不倒青春，
任凭海有时枯，石有时烂！

不是的，乖，不是对爱生厌！
你胡猜我也不怪，
我的样儿是太难，
反正我得对你深深道歉。

不错，我恼，恼的是我自己：
（山怨土堆不够高；
河对水私下唠叨。）
恨我自己为甚这不争气。

我的心（我信）比似个浅洼；
跳动着几条泥鳅，
积不住三尺清流。
盼不到天光，映不着彩霞；

又比是个力乏的朝山客；
他望见白云缭绕，
拥护着山远山高，
但他只能在倦疲中沉默；
也不是不认识上天威力：
他何尝甘愿绝望，
空对着光阴怅惘——
你到深夜里来听他悲泣！

就说爱，我虽则有了你，爱，
不愁在生命道上
感受孤立的恐慌，
但天知道我还想往上攀！

恋爱，我要更光明的实现：
草堆里一个萤火
企慕着天顶星罗：
我要你我的爱高比得天！

我要那洗度灵魂的圣泉，
洗掉这皮囊腌臜，

解放内裹的囚犯，
化一缕轻烟，化一朵青莲。

这，你看，才叫是烦恼自找；
从清晨直到黄昏，
从天昏又到天明，
活动着我自剖的一把钢刀！

不是自杀，你得认个分明。
劈去生活的余渣，
为要生命的精华；
给我勇气，啊，唯一的亲亲！

给我勇气，我要的是力量，
快来救我这围城，
再休怪我的脸沉，
快来，乖乖，抱住我的思想！

四月二十二日

天神似的英雄

这石是一堆粗丑的顽石，
这百合是一丛明媚的秀色；
但当月光将花影描上石隙，
这粗丑的顽石也化生了媚迹。

我是一团臃肿的凡庸，
她的是人间无比的仙容；
但当恋爱将她偎入我的怀中，
就我也变成了天神似的英雄！

再不见雷峰[1]

再不见雷峰，雷峰坍成了一座大荒冢，
顶上有不少交抱的青葱；
顶上有不少交抱的青葱，
再不见雷峰，雷峰坍成了一座大荒冢。

为什么感慨，对着这光阴应分的摧残？
世上多的是不应分的变态，
世上多的是不应分的变态；
为什么感慨，对着这光阴应分的摧残？

为什么感慨：这塔是镇压，这坟是掩埋，
镇压还不如掩埋来得痛快！
镇压还不如掩埋来得痛快，
为什么感慨：这塔是镇压，这坟是掩埋。

---

①此诗原写在《志摩日记》1925年9月17日的《爱眉小札》内。发表于1925年10月5日《晨报副镌》。志摩在《济慈的夜莺歌》中说：“在我们南方，古迹而兼是艺术品的止淘成了西湖上一座孤单单的雷峰塔，这千百年来雷峰的文学还不曾见面，雷峰塔的映影已经永别了波心。”

再没有雷峰；雷峰从此掩埋在人的记忆中：
象曾经的幻梦，曾经的爱宠；
象曾经的幻梦，曾经的爱宠，
再没有雷峰；雷峰从此掩埋在人的记忆中。

九月，西湖。

大帅[1]（战歌之一）

（见日报，前敌战士，随死随掩，间有未死者，即被活埋。）

“大帅有命令以后打死了的尸体
再不用往回挪（叫人看了挫气），
就往前边儿挖一个大坑，
拿瘪了的弟兄们住里扔，
掷满了给平上土，
给它一个大糊涂，
也不用给做记认，
管他是姓贾姓曾！
也好，省得他们家里人见了伤心：
娘抱着个烂了的头，
弟弟提溜着一支手，
新娶的媳妇到手个脓包的腰身！”

“我说这坑死人也不是没有味儿，

①此诗与《人变兽》同时发表于1926年6月3日《诗镌》第10期。署名“南湖”。此诗收入《新月诗选》。

有那西晒的太阳做我们的伴儿，
瞧我这一抄，抄住了老丙，
他大前天还跟我吃烙讲，
叫了壶大白干，
咱们俩随便谈，
你知道他那神气，
一只眼老是这挤：
谁想他来不到三天就做了炮灰，
老丙他打仗倒是勇，
你瞧他身上的窟窿！——
去你的，老丙，咱们来就是当死胚！

“天快黑了，怎么好，还有这一大堆？
听炮声，这半天又该是我们的毁！
麻利点儿，我说你瞧，三哥，
那黑刺刺的可不又是一个！
嘿，三哥，有没有死的，
还开着眼流着泪哩！
我说三哥这怎么来，
总不能拿人活着埋！”——
“吁，老五，别言语，听大帅的话没有错：
见个儿就给铲，

见个儿就给埋，

躲开，瞧我的；欧，去你的，谁跟你罗嗦！”

人变兽（战歌之二）

朋友，这年头真不容易过，
你出城去看光景就有数：——
柳林中有乌鸦们在争吵，
分不匀死人身上的脂膏；

城门洞里一阵阵的旋风
起，跳舞着没脑袋的英雄，
那田畦里碧葱葱的豆苗，
你信不信全是用鲜血浇！
还有那井边挑水的姑娘，
你问她为甚走道象带伤——

抹下西山黄昏的一天紫，
也涂不没这人变兽的耻！

梅雪争春（纪念三一八）①

南方新年里有一天下大雪，
我到灵峰去探春梅的消息；
残落的梅萼瓣瓣在雪里腌，
我笑说这颜色还欠三分艳！

运命说：你赶花朝节前回京，
我替你备下真鲜艳的春景：
白的还是那冷翩翩的飞雪，
但梅花是十三龄童的热血！

① 1926 年 4 月 1 日起志摩在《晨报副镌》办了《诗镌》。此诗在是日《诗镌》第 1 期上发表。1926 年 3 月 18 日，段祺瑞枪杀请愿群众，死伤二百余人，连十三岁儿童也惨遭杀戮。

“这年头活着不易”①

昨天我冒着大雨到烟霞岭下访桂；
南高峰在烟霞中不见，
在一家松茅铺的屋檐前
我停步，问一个村姑今年
翁家山的桂花有没有去年开的媚，

那村姑先对着我身上细细的端详；
活象只羽毛浸瘪了的鸟，
我心想，她定觉得蹊跷，
在这大雨天单身走远道，

①此诗发表于1925年10月12日《晨报副镌》，署名鹤。《志摩日记》1925年9月17日的《爱眉小札》里说：“昏昏的度日，诗意尽有，写可写不成，方才凑成了四节。”这四节，就是《这年头活着不易》。梁实秋在《忆志摩》中说：“有一首诗我特别喜欢……这首诗的题目是：《这年头活着不易》。……据志摩讲，他到满家弄访桂，原意是希望在那漫山的桂林中捡一个路边的茶座坐下，吃一碗新鲜桂花煮的新鲜栗子汤，一闷热的、喷香的、甜滋滋的栗子汤！没想到扑个空，感而赋此。感到是人生凋敝，世事纷纭，真可说是‘人犹如此，木何以堪’了。这首诗末尾带着一点子悲观气味，容易令人联想起哈代的特有的作风，就是诗的形式和那平易的语调，也都颇似哈代。”

倒来没来头的问桂花今年香不香。

“客人，你运气不好，来得太迟又太早；
这里就是有名的满家弄，
往年这时候到处香得凶，
这几天连绵的雨，外加风，
弄得这稀糟，今年的早桂就算完了。”

果然这桂子林也不能给我点子欢喜；
枝上只见焦萎的细蕊，
看着凄凄，唉，无妄的灾！
为什么这到处是憔悴？
这年头活着不易！这年头活着不易！

西湖，九月。

庐山石工歌[1]

一

唉浩！唉浩！唉浩！
唉浩！唉浩！
我们起早，唉浩，
看东方晓，唉浩，东方晓！
唉浩！唉浩！
鄱阳湖低！唉浩！庐山高！
唉浩，庐山高；唉浩，庐山高；
唉浩！庐山高！
唉浩，唉浩！唉浩！
唉浩！唉浩！

二

浩唉！浩唉！浩唉！
浩唉！浩唉！

---

①此诗发表于1925年4月13日《晨报副镌》。参见诗后的“写作背景”附录。

我们早起，浩唉！
看白云低，浩唉！白云飞！
浩唉！浩唉！
天气好，浩唉！上山去；
浩唉；上山去；浩唉，上山去；
浩唉，上山去！
浩唉！浩唉……浩唉！
浩唉！浩唉！

三

浩唉！唉浩！浩唉！
唉浩！浩唉！唉浩！
浩唉！唉浩！浩唉！
唉浩！浩唉！唉浩！
太阳好，唉浩太阳焦，
赛如火烧，唉浩！
大风起浩唉，白云铺地；
当心脚底，浩唉；
浩唉，电内飞，唉浩，大雨暴；
天昏，唉浩，地黑，浩唉！
天雷到，浩唉，天雷到！

浩唉，鄱阳湖低；唉浩，五老峰高！
浩唉，上山去，唉浩，上山去！
浩唉，上山去！
唉浩，鄱阳湖低！浩唉，庐山高！
唉浩，上山去，浩唉，上山去！
唉浩，上山去！
浩唉！浩唉！浩唉！
浩唉！浩唉！浩唉！
浩唉！浩唉！浩唉！
浩唉！浩唉！浩唉！

［附录］

致刘勉己[1]函

勉己兄：

我记得临走那一天交给你的稿子里有一首《庐山石工歌》，盼望你没有遗失。那首如其不曾登出，我想加上几句注解。庐山牯岭一带造屋是用本山石的，开山的石工大都是湖北人，他们在山坳间结茅住家，早晚做工，赚钱有限，仅够粗饱，但他们的精神却并不颓丧（这是中国人

①刘勉己：《晨报》的编辑。

的好处）。我那时住在小天池，正对鄱阳湖，每天早上太阳不曾驱净雾气，天地还只暗沉沉的时候，石工们已经开始工作，浩唉的声音从邻近的山上度过来，听了别有一种悲凉的情调。天快黑的时候，这浩唉的声音也特别的动人。我与歆海住庐山一个半月，差不多每天都听着那石工的喊声，一时缓，一时急，一时断，一时续，一时高，一时低，尤其是在浓雾凄迷的早晚，这悠扬的音调在山谷里震荡着，格外使人感动，那是痛苦人间的呼吁，还是你听着自己灵魂里的悲声？Chaliapin[①]（俄国著名歌者）有一只歌，叫做《鄂尔加河上的舟人歌》(《Volga Boatmen's Song》)[②]是用回返重复的低音，仿佛鄂尔加河沉着的涛声，表现俄国民族伟大沉默的悲哀。我当时听了庐山石工的叫声，就想起他的音乐，这三段石工歌便是从那个经验里化成的。我不懂得音乐，制歌不敢自信，但那浩唉的声调至今还在我灵府里动荡，我只盼望将来有音乐家能利用那样天然的音籁谱出我们汉族血赤的心声！

志摩

三月十六日，西伯利亚。

---

①夏列亚平：苏联著名男低音歌唱家。

②现通译为《伏尔加船夫曲》。

西伯利亚[1]

西伯利亚：——我早年时想象
你不是受上天恩情的地域：
荒凉，严肃，不可比况的冷酷。
在冻雾里，在无边的雪地里，
有局促的生灵们，半像鬼，枯瘦，
黑面目，佝偻，默无声的工作。
在他们，这地面是寒冰的地狱，
天空不留一丝霞采的希冀，
更不问人事的恩情，人情的旖旎；
这是为怨郁的人间淤藏怨郁，
茫茫的白雪里喧染人道的鲜血，
西伯利亚，你象征的是恐怖，荒虚。

但今天，我面对这异样的风光——
不是荒原，这春夏间的西伯利亚，

---

①此诗发表于1926年4月15日《晨报副镌·诗镌》，原诗题下标有“残稿”二字。

更不见严冬时的坚冰，枯枝，寒鸦；
在这乌拉尔东来的草田，茂旺，葱秀，
牛马的乐园，几千里无际的绿洲，
更有那重叠的森林，赤松与白杨，
灌属的小丛林，手挽手的滋长；
那赤皮松，像巨万赭衣的战士，
森森的，悄悄的，等待冲锋的号示，
那白杨，婀娜的多姿，最是那树皮，
白如霜，依稀林中仙女们的轻衣；
就这天——这天也不是寻常的开朗：
看，蓝空中往来的是轻快的仙航，——
那不是云彩，那是天神们的微笑，
琼花似的幻化在这圆穹的周遭……

（一九二五年过西伯利亚倚车窗眺景随笔）

西伯利亚道中忆西湖秋雪庵芦色作歌[1]

我捡起一枝肥圆的芦梗，
在这秋月下的芦田；
我试一试芦笛的新声，
在月下的秋雪庵前。

这秋月是纷飞的碎玉，
芦田是神仙的别殿；
我弄一弄芦管的幽乐——
我映影在秋雪庵前。

我先吹我心中的欢喜——
清风吹露芦雪的酥胸；
我再弄我欢喜的心机——
芦田中见万点的飞萤。

①此诗发表于1925年9月7日《晨报副镌》。志摩在1923年10月21日《西湖记》中说：“芦雪尤其代表气运之转变，一年中最显著最动人深感的转变，象征中秋与三秋间万物由荣入谢的微指，所以芦荻是个天生的诗题。”

我记起了我生平的惆怅，
中怀不禁一阵的凄迷，
笛韵中也听出了新来凄凉——
近水间有断续的蛙啼。

这时候芦雪在明月下翻舞，
我暗地思量人生的奥妙，
我正想谱一折人生的新歌，
啊，那芦笛（碎了）再不成音调！

这秋月是缤纷的碎玉，
芦田是仙家的别殿；
我弄一弄芦管的幽乐，——
我映影在秋雪庵前。

我捡起一枝肥圆的芦梗，
在这秋月下的芦田；
我试一试芦笛的新声，
在月下的秋雪庵前。

在哀克刹脱教堂前[①]（Excter）

这是我自己的身影，今晚间
倒映在异乡教宇的前庭，
一座冷峭峭森严的大殿，
一个峭阴阴孤耸的身影。

我对着寺前的雕像发问：
“是谁负责这离奇的人生？”
老朽的雕像瞅着我发愣，
仿佛怪嫌这离奇的疑问。

我又转问那冷郁郁的大星，
它正升起在这教堂的后背，
但它答我以嘲讽似的迷瞬，
在星光下相对，我与我的迷谜！

这时间我身旁的那棵老树，

---

①此诗写于1925年7月，发表于1926年5月27日《晨报副镌·诗镌》第9期。哀克刹脱现通译为埃克塞特，英国城市。

他荫蔽着战迹碑下的无辜，
幽幽的叹一声长气，象是
凄凉的空院里凄凉的秋雨。

他至少有百余年的经验，
人间的变幻他什么都见过；
生命的顽皮他也曾计数：
春夏间汹汹，冬季里婆婆。

他认识这镇上最老的前辈，
看他们受洗，长黄毛的婴孩；
看他们配偶，也在这教门内，——
最后看他们的名字上墓碑！

这半悲惨的趣剧他早经看厌，
他自身痈肿的残余更不沾恋；
因此他与我同心发一阵叹息——
啊！我身影边平添了斑斑的落叶！

一九二五，七月。

海　韵[1]

一

“女郎，单身的女郎，
你为什么留恋
这黄昏的海边？——
女郎，回家吧，女郎！”
“啊不；回家我不回，
我爱这晚风吹：”——
在沙滩上，在暮霭里，
有一个散发的女郎——
徘徊，徘徊。

二

“女郎，散发的女郎，
你为什么彷徨
在这冷清的海上？
女郎，回家吧，女郎！”

①此诗发表于1925年8月17日《晨报·文学旬刊》。

“啊不；你听我唱歌，
大海，我唱，你来和：”——
在星光下，在凉风里，
轻荡着少女的清音——
高吟，低哦。

三

“女郎，胆大的女郎！
那天边扯起了黑幕，
这顷刻间有恶风波，——
女郎，回家吧，女郎！”
“啊不；你看我凌空舞，
学一个海鸥没海波：”——
在夜色里，在沙滩上，
急旋着一个苗条的身影——
婆娑，婆娑。

四

“听呀，那大海的震怒，

女郎回家吧，女郎！
看呀，那猛兽似的海波，
女郎，回家吧，女郎！”
“啊不；海波他不来吞我，
我爱这大海的颠簸！”
在潮声里，在波光里，
啊，一个慌张的少女在海沫里，
蹉跎，蹉跎。

五

“女郎，在哪里，女郎？
在哪里，你嘹亮的歌声？
在哪里，你窈窕的身影？
在哪里，啊，勇敢的女郎？”
黑夜吞没了星辉，
这海边再没有光芒；
海潮吞没了沙滩，
沙滩上再不见女郎，——
再不见女郎！

苏　苏[1]

苏苏是一痴心的女子：
象一朵野蔷薇，她的丰姿；
象一朵野蔷薇，她的丰姿——
来一阵暴风雨，摧残了她的身世，

这荒草地里有她的墓碑
淹没在蔓草里，她的伤悲；
淹没在蔓草里，她的伤悲——
啊，这荒土里化生了血染的蔷薇！

那蔷薇是痴心女的灵魂，
在清早上受清露的滋润，
到黄昏里有晚风来温存，
更有那长夜的慰安，看星斗纵横。

你说这应分是她的平安？

---

①此诗写于1925年5月，发表于1925年12月1日《晨报七周年纪念增刊》。

但运命又叫无情的手来攀，
攀，攀尽了青条上的灿烂，——
可怜呵，苏苏她又遭一度的摧残！

又一次试验[①]

上帝捋着他的须，
说“我又有了兴趣；
上次的试验有点糟，
这回的保管是高妙”。

脱下了他的枣红袍，
载上了他的遮阳帽，
老头他抓起一把土，
快活又有了工作做。

“这回不叫再象我，
他弯着手指使劲塑：
“鼻孔还是给你有，
可不把灵性往里透！

“给了也还是白丢，
能有几个走回头；

①此诗发表于1926年5月6日《晨报副镌·诗镌》第6期。

灵性又不比鲜鱼子，
化生在水里就长翅！

“我老头再也不上当，
眼看圣洁的变肮脏，——
就这儿情形多可气，
哪个安琪身上不带蛆！”

运命的逻辑[①]

一

前天她在水晶宫似照亮的大厅里跳舞——
多么亮她的袜！
多么滑她的发！
她那牙齿上的笑痕叫全堂的男子们疯魔。

二

昨来她短了资本，
变卖了她的灵魂；
那戴喇叭帽的魔鬼在她的耳边传授了秘诀，
她起了皱纹的脸又搽上不少男子们的心血。

三

今天在城隍庙前阶沿上坐着的这个老丑，

①此诗发表于1925年10月8日《晨报副镌》。署名鹤。

她胸前挂着一串，不是珍珠，是男子们的骷髅；
神道见了她摇头，
魔鬼见了她哆嗦！

新催妆曲[①]

一

新娘，你为什么紧锁你的眉尖，
（听掌声如春雨吼，
鼓乐暴雨似的流！）
在缤纷的花雨中步慵慵的向前：
（向前，向前，
到礼台边，
见新郎面！）
莫非这嘉礼惊醒了你的忧愁：
一针针的忧愁，
你的芳心刺透，
逼迫你热泪流，——
新娘，为什么你紧锁你的眉尖？

①此诗发表于1926年5月13日《晨报副镌·诗镌》第1期，署名“南湖”。

二

新娘，这礼堂不是杀人的屠场，
（听掌声如震天雷，
闹乐暴雨似的催！）
那台上站着的不是吃人的魔王：
他是新郎，
他是新郎，
你的新郎；
新娘，美满的幸福等在你的前面，
你快向前，
到礼台边，
见新郎面——
新娘，这礼堂不是杀人的屠场！

三

新娘，有谁猜得你的心头怨？——
（听掌声如劈山雷，
鼓乐暴雨似的催，
催花巍巍的新人快步的向前，
向前，向前，
到礼台边，

见新郎面。）
莫非你到今朝，这定运的一天，
又想起那时候，
他热烈的抱搂，
那颤栗，那绸缪——
新娘，有谁猜得你的心头怨？

四

新娘，把钩消的墓门压在你的心上：
（这礼堂是你的坟场，
你的生命从此埋葬！）
让伤心的热血添浓你颊上的红光；
（你快向前，
到礼台边，
见新郎面！）
忘却了，永远忘却了人间有一个他：
让时间的灭烬，
掩埋了他的心，
他的爱，他的影，——
新娘，谁不艳羡你的幸福，你的荣华！

两地相思[①]

一

他——

今晚的月亮象她的眉毛，
这弯弯的够多俏！
今晚的天空象她的爱清，
这蓝蓝的够多深！
那样多是你的，我听她说，
你再也不用疑惑；
给你这一团火，她的香唇，
还有她更热的腰身！
谁说做人不该多吃点苦？——
吃到了底才有数。
这来可苦了她，盼死了我，
半年不是容易过！
她这时候，我想，正靠着窗
手托着俊俏脸庞，

---

①此诗发表于1926年6月10日《晨报副镌·诗镌》第11期，署名“南湖”。

在想，一滴泪正挂在腮边，
象露珠沾上草尖：
在半忧愁半欢喜的预计，
计算着我的归期：
啊，一颗纯洁的爱我的心，
那样的专！那样的真！
还不催快你胯下的牲口，
趁月光清水似流，
趁月光请水似流，赶回家
去亲你唯一的她！

二

她——
今晚的月色又使我想起
我半年前的昏迷，
那晚我不该喝那三杯酒，
添了我一世的愁；
我不该把自由随手给扔，——
活该我今儿的闷！
他待我倒真是一片至诚，
象竹园里的新笋，

不怕风吹，不怕雨打，一样
他还是往上滋长；
他为我吃尽了苦，就为我
他今天还在奔波；——
我又没有勇气对他明讲
我改变了的心肠！
今晚月儿弓样，到月圆时
我，我如何能躲避！
我怕，我爱，这来我真是难，
恨不能往地底钻：
可是你，爱，永远有我的心，
听凭我是浮是沉；
他来时要抱，我就让他抱，
（这葫芦不破的好，）
但每回我让他亲——我的唇，
爱，亲的是你的吻！

罪与罚[1]（一）

在这冰冷的深夜，在这冰冷的庙前，
匍匐着，星光里照出，一个冰冷的人形：
是病吗？不听见有呻吟。
死了吗？她肢体在颤震。
啊，假如你的手能向深奥处摸索，
她那冰冷的身体里还有个更冷的心！
她不是遇难的孤身，
她不是被摈弃的妇人；
不是尼僧，尼僧也不来深夜里修行；
她没有犯法，她的不是寻常的罪名：
她是一个美妇人，
她是一个恶妇人，——
她今天忽然发觉了她无形中的罪孽，
因此在这深夜里到上帝跟前来招认。

①此诗发表于1926年4月21日《晨报副镌·诗镌》第4期。署名“谷”。

罪与罚（二）

“你——你问我为什么对你脸红？
这是天良，朋友，天良的火烧，
好，交给你了，记下我的口供，
满铺着谎的床上哪睡得着？

“你先不用问她们那都是谁，
回头你——（你有水不？我喝一口。
单这一提，我的天良就直追，
逼得我一口气直顶着咽喉。）

“冤孽！天给我这样儿：毒的香，
造孽的根，假温柔的野兽！
什么意识，什么天理，什么思想，
那敌得住那肉鲜鲜的引诱！

“先是她家那嫂子，风流，当然：
偏嫁了个大夫不是个男人；
这干烤着的木柴早够危险，
再来一星星的火花——不就成！

“那一星的火花正轮着我——该!
才一面，够干脆的，魔鬼的得意；
一膘眼，一条线，半个黑夜；
十七岁的童贞，一个活寡的急!

“堕落是一个进了出不得的坑，
可不是个陷坑，越陷越没有底，
咒他的! 一桩桩更鲜艳的沉沦，
挂彩似的扮得我全没了主意!

“现吃亏的当然是女人，也可怜，
一步的孽报追着一步的孽因，
她又不能往阉子身上推，活罪，——
一包药粉换着了一身的毒鳞!

“这还是引子，下文才真是孽债:
她家里另有一双并蒂的白莲，
透水的鲜，上帝禁阻闲蜂来采，
但运命偏不容这白玉的贞坚。

“那西湖上一宿的猖狂，又是我，

你知道，捣毁了那并蒂的莲苞——
单只一度！但这一度！谁能饶恕
天，这蹂躏！这色情狂的恶屠刀！

“那大的叫铃的偏对浪子情痴，
她对我矢贞，你说这事情多瘪！
我本没有自由，又不能伴她死，
眼看她疯，丢丑，喔！雷砸我的脸！

“这事情说来你也该早明白，
我见着你眼内一阵阵的冒火：
本来！今儿我是你的囚犯，听凭
你发落，你裁判，杀了我，绞了我；

“我半点儿不生怨意，我再不能
不自首，天良逼得我没缝儿躲；
年轻人谁免得了有时候朦混，
但是天，我的分儿不有点太酷？

“谁料到这造孽的网兜着了你，
你，我的长兄，我的唯一的好友！
你爱箕，箕也爱你；箕是无罪的：

有罪是我，天罚那离奇的引诱!

“她的忠顺你知道，这六七年里
她哪一事不为你牺牲，你不说
女人再没有箕的自苦；她为你
甘心自苦，为要洗净那一点错。

“这错又不是她的，你不能怪她
话说完了，我放下了我的重负，
我唯一的祈求是保全你的家：
她是无罪的，我再说，我的朋友！”

第四辑

猛虎集

献　词[1]

那天你翩翩的在空际云游，
自在，轻盈，你本不想停留
在天的哪方或地的哪角，
你的愉快是无拦阻的逍遥。

你更不经意在卑微的地面
有一流涧水，虽则你的明艳
在过路时点染了他的空灵，
使他惊醒，将你的倩影抱紧。

他抱紧的只是绵密的忧愁，
因为美不能在风光中静止；
他要，你已飞渡万重的山头，
去更阔大的湖海投射影子！

他在为你消瘦，那一流涧水，
在无能的盼望，盼望你飞回！

---

①此诗又名《云游》。志摩逝世后，陈梦家收拾遗诗，将此诗作为集名并编为首篇。诗行排列稍有不同。

我等候你[①]

我等候你。
我望着户外的昏黄
如同望着将来，
我的心震盲了我的听。
你怎么还不来？希望
在每一分钟上允许开花。
我守候着你的步履，
你的笑语，你的脸，
你的柔软的发丝，
守候着你的一切，
希望在每一秒钟上
枯死——你在哪里？
我要你，要得我心里生痛，
我要你火焰似的笑，
要你的灵活的腰身，
要你发上眼角的飞星，

---

①此诗发表于1929年10月10日《新月》第3卷8期。陈梦家在《纪念志摩》中说：“《我等候你》（又名《我看见你》）是他一生中最好的一首抒情诗。”此诗作为首篇编入《新月诗选》。

我陷落在迷醉的氛围中，
象一座岛，
在蟒绿的海涛间，不自主的在浮沉……
喔，我迫切的想望
你的来临，想望
那一朵神奇的优昙，
开上时间的顶尖！
你为什么不来，忍心的？
你明知道，我知道你知道
你这不来于我是致命的一击，
打死我生命中乍放的阳春，
教坚实如矿里的铁的黑暗，
压迫我的思想与呼吸，
打死可怜的希翼的嫩芽，
把我，囚犯似的，交付给
妒与愁苦，生的羞惭
与绝望的惨酷。
这也许是痴。竟许是痴。
我信我确然是痴；
但我不能转拨一支已然定向的舵，
万方的风息都不容许我犹豫——
我不能回头，运命驱策着我！

我也知道这多半是走向
毁灭的路；但
为了你，为了你
我什么都甘愿；
这不仅是我的热情，
我的仅有的理性亦如此说。
痴！想磔碎一个生命的纤微
为要感动一个女人的心！
想博得的，能博得的，至多是
她的一滴泪
她的一阵心酸，
竟许一半声漠然的冷笑；
但我也甘愿，即使
我粉身的消息传到
她的心里如同传给
一块顽石，她把我看作
一只地穴里的鼠，一条虫
我还是甘愿！
痴到了真，是无条件的，
上帝他也无法调回一个
痴定了的心如同一个将军
有时调回已上死线的士兵。

枉然，一切都是枉然，
你的不来是不容否认的存在，
否则我心中烧着泼旺的火，
饥渴着你的一切，
你的发，你的笑，你的手脚，
如何的痴恋与祈祷
不能缩短一小寸
你我间的距离！
户外的昏黄已然
凝聚成夜的乌黑，
树枝上挂着冰雪，
鸟雀们典去了它们的啁啾，
沉默是这一致穿孝的宇宙。
钟上的针不断的比着
玄妙的手势，象是指点，
象是同情，象是嘲讽，
每一次到点的打动，我听来是
我自己的心的
活埋的丧钟。

春的投生[①]

昨晚上，
再前一晚也是的，
在雷雨的猖狂中
春
投生入残冬的尸体。

不觉得脚下的松软，
耳鬓间的温驯吗？
树枝上浮着青，
潭里的水漾成无限的缠绵；
再有你我肢体上
胸膛间的异样的跳动；

桃花早已开上你的脸，
我在更敏锐的消受

①此诗写于1929年2月28日，发表于1929年12月10日《新月》2卷10期。

你的媚，吞咽
你的连珠的笑；
你不觉得我的手臂
更迫切的要求你的腰身，
我的呼吸投射到你的身上
如同万千的飞萤投向光焰？

这些，还有别的许多说不尽的，
和着鸟雀们的热情的回荡，
都在手携手的赞美着
春的投生。

二月二十八日

拜　献[①]

山，我不赞美你的壮健，
海，我不歌咏你的阔大，
风波，我不颂扬你威力的无边；
但那在雪地里挣扎的小草花，
路旁冥盲中无告的孤寡，
烧死在沙漠中想归去的雏燕，——
给他们，给宇宙间一切无名的不幸，
我拜献，拜献我胸肋间的热，
管里的血，灵性里的光明；
我的诗歌——在歌声嘹亮的一俄顷，
天外的云彩为他们织造快乐，
起一座虹桥，
指点着永恒的逍遥，
在嘹亮的歌声里消纳无尽的苦厄。

---

①此诗发表于1929年2月10日《新月》1卷12期。陈梦家在《纪念志摩》中说：“他对于一切弱小的可怜的爱心，真的，他有的是那博大的怜悯，怜悯那些穷苦的，不幸的。他一生就为同情别人而忘了自己的痛苦。”

渺　小[①]

我仰望群山的苍老，
他们不说一句话。
阳光描出我的渺小，
小草在我的脚下。

我一人停步在路隅，
倾听空谷的松籁；
青天里有白云盘踞——
转眼间忽又不在。

①此诗发表于1931年1月10日《新月》3卷10期。

阔的海

阔的海空的天我不需要，
我也不想放一只巨大的纸鹞
上天去捉弄四面八方的风；
我只要一分钟
我只要一点光
我只要一条缝，——
象一个小孩爬伏
在一间暗屋的窗前
望着西天边不死的一条
缝，一点
光，一分
钟。

泰　山①

山！

你的阔大的巉岩，

象是绝海的惊涛，

忽地飞来，

凌空

不动，

在沉默的承受

日月与云霞拥戴的光豪：

更有万千星斗

错落

在你的胸怀，

向诉说

隐奥，

蕴藏在

岩石的核心与崔嵬的天外！

①此诗发表在《新月》3卷9期上。在志摩自编的《猛虎集》目录中曾列入此诗，但诗集中又无此诗。今补入。

猛　虎[1]

猛虎，猛虎，火焰似的烧红
在深夜的莽丛，
何等神明的巨眼或是手
能擘画你的骇人的雄厚？

在何等遥远的海底还是天顶
烧着你眼火的纯晶？
跨什么翅膀他胆敢飞腾？
凭什么手敢擒住那威棱？

是何等肩腕，是何等神通，
能雕镂你的藏府的系统？
等到你的心开始了活跳，
何等震惊的手，何等震惊的脚？

---

①此诗为译诗，发表于《诗刊》第2期，一九三一年四月二十日出版，诗附有英文标题：《The Tiger》by William Blake。作者白雷克，通译布莱克，十八世纪英国诗人、版画家。

椎的是什么锤？使的是什么练？
在什么洪炉里熬炼你的脑液？
什么砧座？什么骇异的拿把，
胆敢它的凶恶的惊怕擒抓？

当群星放射它们的金芒，
满天上泛滥着它们的泪光，
见到他的工程，他露不露笑容？
造你的不就是那造小羊的神工？

猛虎，猛虎，火焰似的烧红
在深夜的莽丛，
何等神明的巨眼或是手
胆敢擘画你的惊人的雄厚？

五月一日

他眼里有你[①]

我攀登了万仞的高冈，
荆棘扎烂了我的衣裳，
我向飘渺的云天外望——
上帝，我望不见你！

我向坚厚的地壳里掏，
捣毁了蛇龙们的老巢，
在无底的深潭里我叫——
上帝，我听不到你！

我在道旁见一个小孩：
活泼，秀丽，褴褛的衣衫；
他叫声妈，眼里亮着爱——
上帝，他眼里有你！

十一月二日星家坡

---

①此诗写于1928年11月2日，发表于1928年12月《新月》1卷10期。志摩于1928年秋，第二次访欧，年底返国。此诗作于返国途中。

在不知名的道旁[①]（印度）

什么无名的苦痛，悲悼的新鲜，
什么压迫，什么冤屈，什么烧烫
你体肤的伤，妇人，使你蒙着脸
在这昏夜，在这不知名的道旁，
任凭过往人停步，讶异的看你，
你只是不作声，黑绵绵的坐地？

还有蹲在你身旁悚动的一堆，
一双小黑眼闪荡着异样的光，
象暗云天偶露的星晞，她是谁？
疑惧在她脸上，可怜的小羔羊，
她怎知道人生的严重，夜的黑，
她怎能明白运命的无情，惨刻？

聚了，又散了，过往人们的讶异。
刹那的同情也许；但他们不能

①此诗写于1928年10月赴印度访泰戈尔期间，发表于1929年2月1日《金屋月刊》1卷2期。

为你停留，妇人，你与你的儿女；
伴着你的孤单，只昏夜的阴沉，
与黑暗里的萤光，飞来你身旁，
来照亮那小黑眼闪荡的星芒！

车　上[1]

这一车上有各等的年岁，各色的人：
有出须的，有奶孩，有青年，有商，有兵；
也各有各的姿态：傍着的，躺着的，
张眼的，闭眼的，向窗外黑暗望着的。

车轮在铁轨上辗出重复的繁响，
天上没有星点，一路不见一些灯亮；
只有车灯的幽辉照出旅客们的脸，
他们老的少的，一致声诉旅程的疲倦。

这时候忽然从最幽暗的一角发出
歌声：象是山泉，象是晓鸟，蜜甜，清越，
又象是荒漠里点起了通天的明燎，
它那正直的金焰投射到遥远的山坳。

---

①此诗作于1931年4月初，发表于1931年4月20日《诗刊》第2期。

她是一个小孩，欢欣摇开了她的歌喉；
在这冥盲的旅程上，在这昏黄时候，
象是奔发的山泉，象是狂欢的晓鸟，
她唱，直唱得一车上满是音乐的幽妙。

旅客们一个又一个的表示着惊异，
渐渐每一个脸上来了有光辉的惊喜：
买卖的，军差的，老辈，少年，都是一样，
那吃奶的婴儿，也把他的小眼开张。

她唱，直唱得旅途上到处点上光亮，
层云里翻出玲珑的月和斗大的星，
花朵，灯彩似的，在枝头竞赛着新样，
那细弱的草根也在摇曳轻快的青萤！

车　眺[1]

一

我不能不赞美
这向晚的五月天；
怀抱着云和树
那些玲珑的水田。

二

白云穿掠着晴空，
像仙岛上的白燕！
晚霞正照着它们，
白羽镶上了金边。

---

①此诗发表于1930年3月10日《新月》3卷1期。原名《车眺随笔》。与《向晚》一诗一字不异，但《向晚》中间未标节数。

三

背着轻快的晚凉，
牛，放了工，呆着做梦；
孩童们在一边蹲，
想上牛背，美，逞英雄！

四

在绵密的树荫下，
有流水，有白石的桥，
桥洞下早来了黑夜，
流水里有星在闪耀。

五

绿是豆畦，阴是桑树林，
幽郁是溪水傍的草丛，
静是这黄昏时的田景，
但你听，草虫们的飞动！

六

月亮在昏黄里上妆，

太阳心慌的向天边跑；

他怕见她，他怕她见，——

怕她见笑一脸的红糟！

再别康桥[①]

轻轻的我走了，
正如我轻轻的来；
我轻轻的招手，
作别西天的云彩。

那河畔的金柳，
是夕阳中的新娘；
波光里的艳影，
在我的心头荡漾。

软泥上的青荇，
油油的在水底招摇；
在康河的柔波里，
我甘心做一条水草！

---

① 1922 年 8 月志摩离英返国前夕曾作《康桥再会吧》（见《花雨》集），此诗写于 1928 年 11 月 6 日再次赴英后回国途中，发表于 1928 年 12 月《新月》1 卷 10 期，并收入《新月诗选》。

那榆荫下的一潭，
不是清泉，是天上虹；
揉碎在浮藻间，
沉淀着彩虹似的梦。

寻梦？撑一支长篙，
向青草更青处漫溯；
满载一船星辉，
在星辉斑斓里放歌。

但我不能放歌，
悄悄是别离的笙箫；
夏虫也为我沉默，
沉默是今晚的康桥！

悄悄的我走了，
正如我悄悄的来；
我挥一挥衣袖，
不带走一片云彩。

十一月六日 中国海上

干着急[①]

朋友，这干着急有什么用，
喝酒玩吧，这槐树下凉快；
看槐花直掉在你的杯中——
别嫌它：这也是一种的爱。

胡知了到天黑还在直叫？
（她为我的心跳还不一样？）
那紫金山头有夕阳返照
（我心头，不是夕阳，是惆怅！）

这天黑得草木全交了形
（天黑可盖不了我的心焦；）
又是一天，天上点满了银
（又是一天，真是，这怎么好！）

秀山公园 八月二十七日

①此诗写于1927年8月27日，发表于《现代评论》6卷144期。

俘虏颂[①]

我说朋友，你见了没有，那俘虏：
拼了命也不知为谁，
提着杀人的凶器，
带着杀人的恶计，
趁天没有亮，堵着嘴，
望长江的浓雾里悄悄的飞渡；

趁太阳还在崇明岛外打盹，
满江心只是一片阴，
破着褴褛的江水，
不提防冤死的鬼，

---

①此诗写于1927年9月4日，发表于1927年9月17日《现代评论》6卷145期，题为《俘虏赞》。收入《猛虎集》时，有作者的一段附记如下：

此诗原投《现代评论》，刊出后编辑先生来信，说他擅主割去了末了一段，因为有了那一段诗意即成了“反革命”，剪了那一段则是“绝妙的一首革命诗”，因而为报也为作者，他决意割去了那条不革命的尾巴！我原稿就只那一份，割去那一段我也记不起，重做也不愿意，要删又有朋友不让，所以就让它照这“残样”站着吧。

爬在时间背上讨命，
挨着这一船船替死来的接吻；

他们摸着了岸就比到了天堂：
顾不得险，顾不得潮，
一耸身就落了地
（梦里的青蛙惊起，）
踹烂了六朝的青草，
燕子矶的嶙峋都变成了康庄！

干什么来了，这“大无畏”的精神？
算是好男子不怕死？——
为一个人的荒唐，
为几元钱的奖赏，
闯进了魔鬼的圈子，
供献了身体，在乌龙山下变粪？

看他们今儿个做俘虏的光荣！
身上脸上全挂着彩，
眉眼糊成了玫瑰，
口鼻裂成了山水，
脑袋顶着朵大牡丹，

在夫子庙前，在秦淮河边寻梦！

九月四日

秋　虫[1]

秋虫，你为什么来？人间
早不是旧时候的清闲；
这青草，这白露，也是呆：
再也没有用，这些诗材！
黄金才是人们的新宠，
她占了白天，又霸住梦！
爱情：像白天里的星星，
她早就回避，早没了影。
天黑它们也不得回来，
半空里永远有乌云盖。
还有廉耻也告了长假，
他躲在沙漠地里住家，
花尽着开可结不成果，
思想被主义奸污得苦！
你别说这日子过得闷，
晦气脸的还在后面跟！

---

①此诗发表于1928年《新月》创刊号。

这一半也是灵魂的懒，
他爱躲在园子里种菜，
“不管，”他说；“听他往下丑——
变猪，变蛆，变蛤蟆，变狗……
过天太阳羞得遮了脸，
月亮残阙了再不肯圆，
到那天人道真灭了种，
我再来打——打革命的钟！”

一九二七年秋

西　窗①

一

这西窗
这不知趣的西窗放进
四月天时下午三点钟的阳光
一条条直的斜的羼躺在我的床上；

放进一团捣乱的风片
搂住了难免处女羞的花窗帘，
呵她痒，腰弯里，脖子上，
羞得她直飏在半空里，刮破了脸；

放进下面走道上洗被单
衬衣大小毛巾的胰子味，
厨房里饭焦鱼腥蒜苗是腐乳的沁芳南
还有弄堂里的人声比狗叫更显得松脆

①此诗发表于1928年《新月》1卷4期。署名“仙鹤”。

二

当然不知趣也不止是这西窗，
但这西窗是够顽皮的，
它何尝不知道这是人们打中觉的好时光！
拿一件衣服，不，拿这条绣外国花的毛毯，
堵死了它，给闷死了它：
耶稣死了我们也好睡觉！

直着身子，不好，弯着来，
学一只卖弄风骚的大龙虾，
在清浅的水滩上引诱水波的荡意！
对呀，叫迷离的梦意象浪丝似的
爬上你的胡须，你的衣袖，你的呼吸……

你对着你脚上又新破了一个大窟窿的袜子发愣或是
忙着送玲巧的手指到神秘的胳肢窝搔痒——可不
是搔痒的时候
你的思想不见会得长上那拿把不住的大翅膀：

谢谢天，这是烟士披里纯[①]来到的刹那间

---

①英语 inspiration 的音译，即“灵感”。

因为有窟窿的破袜是绝对的理性，
胳肢窝里虱类的痒是不可怀疑的实在。

三

香炉里的烟，远山上的雾，人的贪嗔和心机；
经络里的风湿，话里的刺，笑脸上的毒，
谁说这宇宙这人生不够富丽的？
你看那市场上的盘算，比那矗着大烟筒
走大洋海的船的肚子里的机轮更来得复杂，
血管里疙瘩着几两几钱，几钱几两，
脑子里也不知哪来这许多尖嘴的耗子爷？

还有那些比柱石更重实的大人们，他们也有他们的盘算；
他们手指间夹着的雪茄虽则也冒着一卷卷成云彩的烟，
但更曲折，更奥妙，更像长虫的翻戏，
是他们心里的算计，怎样到意大利喀辣辣矿山里去
搬运一个大石座来站他一个
足够与灵龟比赛的年岁，
何况还有波斯兵的长枪，匈奴的暗箭……

再有从上帝的创造里单独创造出来曾向农商部呈请
创造专利的文学先生们，这是个奇迹的奇迹，
正如狐狸精对着月光吞吐她的命珠，
他们也是在月光勾引潮汐时学得他们的职业秘密。
青年的血，尤其是滚沸过的心血，是可口的：——
他们借用普罗列塔里亚的瓢匙在彼此请呀请的舀着
喝
他们将来铜像的地位一定望得见朱温张献忠的。

绣着大红花的俄罗斯毛毯方才拿来蒙住西窗的也不
知怎的滑溜了下来，不客做梦人继续他的冒险，
但这些滑腻的梦意钻软了我的心
像春雨的细脚踹软了道上的春泥。
西窗还是不挡着的好，虽则弄堂里的人声
有时比狗叫更显得松脆。
这是谁说的："拿手擦擦你的嘴，
这人间世在洪荒中不住的转，
象老妇人在空地里捡可以当柴烧的材料？"

怨　得①

怨得这相逢
谁作的主？——风！

也就一半句话，
露水润了枯芽。

黑暗——放一箭光；
飞蛾：他受了伤。

偶然，真是的。
惆怅？喔何必！

伦敦旅次 九月

①此诗写于1928年9月，发表于1929年1月《新月》1卷11期。

深　夜[1]

深夜里，街角上，
梦一般的灯芒。

烟雾迷裹着树！
怪得人错走了路？

“你害苦了我——冤家！”
她哭，他——不答话。

晓风轻摇着树尖：
掉了，早秋的红艳。

伦敦旅次 九月

①此诗写于1928年9月，发表于1929年1月《新月》1卷11期，

季　候[1]

一

他俩初起的日子，
像春风吹着春花。
花对风说："我要，"
风不回话：他给！

二

但春花早变了泥，
春风也不知去向。
她怨，说天时太冷；
"不久就冻冰，"他说。

①此诗发表于1930年2月《新月》2卷12期，曾收入《新月诗选》。

杜 鹃[①]

杜鹃，多情的鸟，他终宵唱：
在夏荫深处，仰望着流云
飞蛾似围绕亮月的明灯，
星光疏散如海滨的渔火，
甜美的夜在露湛里休憩，
他唱，他唱一声“割麦插禾”，——
农夫们在天放晓时惊起。

多情的鹃鸟，他终宵声诉，
是怨，是慕，他心头满是爱，
满是苦，化成缠绵的新歌，
柔情在静夜的怀中颤动；
他唱，口滴着鲜血，斑斑的，

---

①此诗发表于1929年5月《新月》2卷3期。志摩在《猛虎集·自序》里说：“有一种天教歌唱的鸟不到呕血不住口，它的歌里有它独自知道的别一个世界的愉快……诗人也是一种痴鸟，他把他的柔软的心窝紧抵着蔷薇的花刺，口里不住的唱着星月的光辉与人类的希望，非到他的心血滴出来把白花染成大红他不住口，他的痛苦与快乐是浑成的一片。”

染红露盈盈的草尖，晨光
轻摇着园林的迷梦；他叫，
他叫，他叫一声“我爱哥哥！”

黄　鹂[1]

一掠颜色飞上了树。
“看，一只黄鹂！”有人说。
翘着尾尖，它不作声，
艳异照亮了浓密——
象是春光，火焰，象是热情。

等候它唱，我们静着望，
怕惊了它。但它一展翅，
冲破浓密，化一朵彩云；
它飞了，不见了，没了——
象是春光，火焰，象是热情。

①此诗发表于1930年2月《新月》2卷12期。

秋　月[1]

一样是月色，
今晚上的，因为我们都在抬头看——
看它，一轮腴满的妩媚，
从乌黑得如同暴徒一般的
云堆里升起——
看得格外的亮，分外的圆。
它展开在道路上，
它飘闪在水面上，
它沉浸在
水草盘结得如同忧愁般的
水底；
它睥睨在古城的雉堞上，
万千的城砖在它的清亮中
呼吸，
它抚摸着
错落在城厢外内的墓墟，

---

①此诗写于1930年10月，发表于1930年11月《现代学生》1卷2期。

在宿鸟的断续的呼声里，
想见新旧的鬼，
也和我们似的相依偎的站着，
眼珠放着光，
咀嚼着彻骨的阴凉：
银色的缠绵的诗情
如同水面的星磷，
在露盈盈的空中飞舞。
听那四野的吟声——
永恒的卑微的谐和，
悲哀揉和着欢畅，
怨仇与恩爱，
晦冥交抱着火电，
在这夐绝的秋夜与秋野的
苍茫中，
“解化”的伟大
在一切纤微的深处
展开了
婴儿的微笑！

十月中

山　中[①]

庭院是一片静，
听市谣围抱；
织成一片松影——
看当头月好！

不知今夜山中
是何等光景：
想也有月，有松，
有更深的静。

我想攀附月色，
化一阵清风，
吹醒群松春醉，
去山中浮动；

吹下一针新碧，

①此诗作于1931年4月1日，发表于1931年4月20日《诗刊》第2期。

掉在你窗前；
轻柔如同叹息——
不惊你安眠！

四月一日

两个月亮[①]

我望见两个月亮：
一般的样，不同的相。

一个这时正在天上，
披敞着雀毛的衣裳；
她不吝惜她的恩情，
满地全是她的金银。
她不忘故宫的琉璃，
三海间有她的清丽。
她跳出云头，跳上树，
又躲进新绿的藤萝。
她那样玲珑，那样美，
水底的鱼儿也得醉！
但她有一点子不好，
她老爱向瘦小里耗；
有时满天只见星点，

①此诗写于1931年4月20日深夜，发表于1931年4月《诗刊》第2期。

没了那迷人的圆脸，
虽则到时候照样回来，
但这份相思有些难挨！
还有那个你看不见，
虽则不提有多么艳！
她也有她醉涡的笑，
还有转动时的灵妙；
说慷慨她也从不让人，
可惜你望不到我的园林！
可贵是她无边的法力，
常把我灵波向高里提：
我最爱那银涛的汹涌，
浪花里有音乐的银钟；
就那些马尾似的白沫，
也比得珠宝经过雕琢。
一轮完美的明月，
又况是永不残缺！
只要我闭上这一双眼，
她就婷婷的升上了天

四月二日月圆深夜

给——

我记不得维也纳，
除了你，阿丽思；
我想不起佛兰克府[1]，
除了你，桃乐斯；
尼司，佛洛伦司[2]，巴黎，
也都没有意味，
要不是你们的艳丽，——
玫思，麦蒂特，腊妹，
翩翩的，盈盈的，
孜孜的，婷婷的，
照亮着我记忆的幽黑，
象冬夜的明星，
象暑夜的游萤，——
怎教我不倾颓！
怎教我不迷醉！

---

①现通译法兰克福。
②现通译佛罗伦萨。

一块晦色的路碑[①]

脚步轻些，过路人！
休惊动那最可爱的灵魂，
如今安眠在这地下，
有绛色的野草花掩护她的余烬。

你且站定，在这无名的土阜边，
任晚风吹弄你的衣襟；
倘如这片刻的静定感动了你的悲悯，
让你的泪珠圆圆的滴下——
为这长眠着的美丽的灵魂！

过路人，假若你也曾
在这人间不平的道上颠顿，
让你此时的感愤凝成最锋利的悲悯，
在你的激震着的心叶上，
刺出一滴，两滴的鲜血——
为这遭冤屈的最纯洁的灵魂！

---

①此诗写于1925年3月1日，发表于1925年3月7日《晨报副镌》。

歌[①]

我死了的时侯，亲爱的，
别为我唱悲伤的歌；
我坟上不必安插蔷薇，
也无须浓荫的柏树，
让盖着我的青青的草
霖着雨，也沾着露珠；
假如你愿意，请记着我，
要是你甘心，忘了我。

我再也不见地面的青荫，
觉不到雨露的甜蜜；
再听不见夜莺的歌喉
在黑夜里倾吐悲啼；
在悠久的昏暮中迷惘，
阳光不升起，也不消翳；
我也许，也许我记得你，
我也许，我也许忘记。

---

①此诗为译诗，作者克·罗萨蒂(Christina Rossetti)。发表于《新月》1卷4期。

诔 词[1]

散上玫瑰花，散上玫瑰花，
休搀什一小枝的水松！
在寂静中她寂静的解化；
啊！但愿我亦永终。

她是个希有的欢欣，人间
曾经她喜笑的洗净，
但倦了是她的心，倦了，可怜
这回她安眠了，不再苏醒。

在火热与扰攘的迷阵中
旋转，旋转着她的一生；
但和平是她灵魂的想望，——
和平是她的了，如今。

局促在人间，她博大的神魂，
何曾享受呼吸的自由；

①此诗为译诗，作者安诺德。

今夜，在这静夜，她独自的攀登
那死的插天的高楼。

枉　然[1]

你枉然用手锁着我的手，
女人，用口擒住我的口，
枉然用鲜血注入我的心，
火烫的泪珠见证你的真；

迟了！你再不能叫死的复活，
从灰土里唤起原来的神奇：
纵然上帝怜念你的过错，
他也不能拿爱再交给你！

①此诗发表于1928年12月《新月》1卷10期。

生　活①

阴沉，黑暗，毒蛇似的蜿蜒，
生活逼成了一条甬道：
一度陷入，你只可向前，
手扪索着冷壁的粘潮，

在妖魔的脏腑内挣扎，
头顶不见一线的天光，
这魂魄，在恐怖的压迫下，
除了消灭更有什么愿望？

五月二十九日

①胡适在《追悼志摩》一文中注明此诗写于1930年5月29日，现查明此诗发表于1929年5月10日《新月》2卷3期。

残　春[1]

昨天我瓶子里斜插着的桃花
是朵朵媚笑在美人的腮边挂；
今儿它们全低了头，全变了相：——
红的白的尸体倒悬在青条上。

窗外的风雨报告残春的运命，
丧钟似的音响在黑夜里叮咛：
“你那生命的瓶子里的鲜花也
变了样：艳丽的尸体，谁给收殓？”

①此诗发表于《新月》1卷3期。志摩在1927年4月14日及4月20日的《眉轩琐语》中写道：“案上插了一枝花便不寂寞。最宜人是月移花影上窗纱。”“我的墨池中有落红点点。”“译哈代八十六岁自述一首，小曼说还不差，这一夸我灵机就动，又做得了一首——”，这一首即《残春》。但字句略有变动，末两句为：“你生命的瓶子里的鲜花也／变了样，艳丽的尸体，等你去收殓！”

残　破[1]

一

深深的在深夜里坐着：
当窗有一团不圆的光亮，
风挟着灰土，在大街上
小巷里奔跑：
我要在枯秃的笔尖上袅出
一种残破的残破的音调，
为要抒写我的残破的思潮。

二

深深的在深夜里坐着：
生尖角的夜凉在窗缝里
妒忌屋内残余的暖气，
也不饶恕我的肢体：
但我要用我半干的墨水描成

①此诗发表于1930年4月《现代学生》1卷6期。

一些残破的残破的花样，
因为残破，残破是我的思想。

三

深深的在深夜里坐着，
左右是一些丑怪的鬼影：
焦枯的落魄的树木
在冰沉沉的河沿叫喊，
比着绝望的姿势，
正如我要在残破的意识里
重兴起一个残破的天地。

四

深深的在深夜里坐着，
闭上眼回望到过去的云烟；
啊，她还是一枝冷艳的白莲，
斜靠着晓风，万种的玲珑；
但我不是阳光，也不是露水，
我有的只是些残破的呼吸，
如同封锁在壁椽间的群鼠，
追逐着，追求着黑暗与虚无！

活　该[1]

活该你早不来！
热情已变死灰。

提什么已往？——
骷髅的磷光！

将来？——各走各的道，
长庚管不着“黄昏晓”。

爱是痴，恨也是傻；
谁点得清恒河的沙？

不论你梦有多么圆，
周围是黑暗没有边。

比是消散了的诗意，
趁早掩埋你的旧忆。

①此诗写于1929年7月31日，发表于1929年11月《新月》2卷9期。

这苦脸也不用装，
到头儿总是个忘！

得！我就再亲你一口：
热热的！去，再不许停留。

卑　微[1]

卑微，卑微，卑微；
风在吹
无抵抗的残苇：

枯槁它的形容，
心已空，
音调如何吹弄？

它在向风祈祷：
“忍心好，
将我一举推倒；

“也是一宗解化——
本无家，
任漂泊到天涯！”

①此诗发表于1930年《新月》3卷8期。

我不知道风是在哪一个方向吹[①]

我不知道风
是在哪一个方向吹——
我是在梦中，
在梦的轻波里依洄。

我不知道风
是在哪一个方向吹——
我是在梦中，
她的温存，我的迷醉。

我不知道风
是在哪一个方向吹——
我是在梦中，
甜美是梦里的光辉。

我不知道风
是在哪一个方向吹——

①此诗写于1928年，发表于1928年3月10日《新月》创刊号。

我是在梦中，
她的负心，我的伤悲。

我不知道风
是在哪一个方向吹——
我是在梦中，
在梦的悲哀里心碎！

我不知道风
是在哪一个方向吹——
我是在梦中，
黯淡是梦里的光辉。

哈　代[1]

哈代，厌世的，不爱活的，
这回再不用怨言，
一个黑影蒙住他的眼？
去了，他再不漏脸。

八十八年不是容易过，
老头活该他的受，
扛着一肩思想的重负，
早晚都不得放手。

为什么放着甜的不尝，
暖和的座儿不坐，
偏挑那阴凄的调儿唱，
辣味儿辣得口破，

他是天生那老骨头僵，

①此诗写于1928年初，发表于1928年3月14日《新月》创刊号。曾收入《新月诗选》。

一对眼拖着看人，
他看着了谁谁就遭殃，
你不用跟他讲情！

他就爱把世界剖着瞧，
是玫瑰也给拆坏；
他没有那画眉的纤巧，
他有夜鸮的古怪！

古怪，他争的就只一点——
一点“灵魂的自由”，
也不是成心跟谁翻脸，
认真就得认个透。

他可不是没有他的爱——
他爱真诚，爱慈悲：
人生就说是一场梦幻，
也不能没有安慰。

这日子你怪得他惆怅，
怪得他话里有刺，
他说乐观是“死尸脸上

抹着粉，搽着胭脂！”

这不是完全放弃希冀，
宇宙还得往下延，
但如果前途还有生机，
思想先不能随便。

为维护这思想的尊严，
诗人他不敢怠惰，
高擎着理想，睁大着眼，
抉剔人生的错误。

现在他去了，再不说话。
（你听这四野的静），
你清忘了他就忘了他
（天吊明哲的凋零）！

旧历元旦

哈代八十六岁诞日自述①

好的，世界，你没有骗我，
你没有冤我，
你说怎么来是怎么来，
你的信用倒真是不坏。
打我是个孩子我常躺
在青草地里对着天望，
说实话我从不曾希冀
人生有多么艳丽。

打头儿你说，你常在说，
你说了又说，
你在那云天里，山林间，
散播你的神秘的语言：
“有多人爱我爱过了火，
有的态度始终是温和，
也有老没有把我瞧起，
到死还是那怪僻。”

---

①此诗为译诗，参见《残春》的注释。

“我可从不曾过分应承，
孩子；从不过分；
做人红黑是这么回事，”
你要我明白你的意思。
正亏你把话说在头里，
我不踌躇的信定了你，
要不然每年来的烦恼
我怎么支持得了？

对　月[①]

“现在你是倦了老了的，不错，月，
但在你年青的时候，
你倒是看着了些什么花头？”
“啊！我的眼福真不小，有的事儿甜，
有的庄严，也有叫人悲愁，
黑夜，白天，看不完那些寒心事件，
在我年青青的时候。”

“你是那么孤高那么远，真是的，月，
但在你年少的时光，
你倒是转着些个怎么样的感想？”
“啊，我的感想，哪样不叫我低着头
想，新鲜的变旧，少壮的亡，
民族的兴衰，人类的疯癫与昏谬，
哪样不动我的感想？”

“你是远离着我们这个世界，月，

①此诗为译诗，作者：哈代。

但你在天空里转动，
有什么事儿打岔你自在的心胸？”
“啊，怎么没有，打岔的事儿当然有，
地面上异样的徵角商宫，
说是人道的音乐，在半空里飘浮，
打岔我自在的转动。”

“你倒是干脆发表一句总话，月，
你已然看透了这回事，
人生究竟是有还是没有意思？”
“啊，一句总话，把它比作一台戏，
尽做怎不叫人烦死，
上帝他早该喝一声‘幕闭’，
我早就看腻了这回事。”

一个星期[①]

星期一那天晚上我关上了我的门，
心想你满不是我心里的人，
以后见不见面都不关要紧。

到了星期二那晚上我又想到
你的思想，你的心肠，你的面貌，
到底不比平常，有点儿妙。

星期三那晚上我又想起了你，
想你我要合成一体总是不易，
就说机会又叫你我凑在一起。

星期四晚上我思想又换了一样，
我还是喜欢你，我俩正不妨
亲近的住着，管它是短是长。

星期五那天我感到一阵心震，

①此诗为译诗，作者：哈代。

当我望着你住的那个乡村，
说来你还是我最亲爱的，我自认。

到了星期六晚你充满了我的思想，
整个的你在我的心里发亮，
女性的美哪样不在你的身上？

像是只顺风的海鸥向着海飞，
到了星期日晚上我简直着了迷，
还做什么人这辈子要没有你！

死　尸[①]

这首《死尸》是菩特来尔[②]的《恶之花》诗集里最恶亦最奇艳的一朵不朽的花。翻译当然只是糟蹋。他诗的音调与色彩象是夕阳余烬里反射出来的青芒——辽远的，惨淡的，往下沉的。他不是夜鸮；更不是云雀；他的象是一只受伤的子规鲜血呕尽后的余音。……

……

回到菩特来尔的《恶之花》，我这里大胆也仿制了一朵恶的花。冒牌；纸做的，破纸做的；布做的，烂布做的。就象个样儿；没有生命，没有灵魂，所以也没有他那异样的香与毒。你尽闻尽尝不碍事。我看过三两种英译也全不成：——玉泉的水准在玉泉流着。

我爱，记得那一天好天气，
你我在路旁见着那东西；

①此诗为译诗，发表于1924年12月1日《语丝》第3期。原待题下有法文：《Une Charogne》by Charles Baudelaire：《Les Flours du Mal》，即，选自波德莱尔《恶之花》。

②现通译为：波德莱尔。十九世纪法国象征派诗人。

横躺在乱石与蔓草里，
一具溃烂的尸体。

它直开着腿，荡妇似的放肆（Comme
une femme Lubrigue）
泄漏着秽气，沾恶腥的粘味，
它那痈溃的胸腹也无有遮盖，
没忌惮的淫秽。

火热的阳光照临着这腐溃，
化验似的蒸发，煎煮，消毁，
解化着原来组成整体的成分
重向自然返归。

青天微粲的俯看着这变态，
仿佛是眷注一茎向阳的朝卉；
那空气里却满是秽息，难堪，
多亏你不曾昏醉。

大群的蝇蚋在烂肉间喧哄，
酝酿着细蛆，黑水似的汹涌，
它们吞噬着生命的遗蜕，

啊，报仇似的凶猛。

那蛆群潮澜似的起落，
无餍的飞虫仓皇的争夺；
转象是无形中有生命的吹息，
巨量的微生滋育。

丑恶的尸体，从这繁生的世界，
仿佛有风与水似的异乐纵泻。
又象是在风车旋动的和音中，
谷衣急雨似的四射。

眼前的万象迟早不免消翳，
梦幻似的，只模糊的轮廓存遗，
有时在美术师的腕底，不期的，
掩映着辽远的回忆。

在那磐石的后背躲着一只野狗，
它那火赤的眼睛向着你我守候，
它也撕下了一块烂肉，愤愤的，
等我们过后来享受。

就是我爱，也不免一般的腐朽，
这样恶腥的传染，谁能忍受——
你，我愿望的明星！照我的光明！
这般的纯洁，温柔！

是呀，就你也难免，美丽的后，
等到那最后的祈祷为你诵咒，
这美妙的丰姿也不免到泥草里，
与陈死人共朽。

因此，我爱呀，吩咐那趑趄的虫蠕，
它来亲吻你的生命，吞噬你的体肤，
说我的心永葆着你的妙影，
即使你的肉化群蛆！

十一月十三日

第五辑

云　游

云　游[1]

那天你翩翩的在空际云游，
自在，轻盈，你本不想停留
在天的那方或地的那角，
你的愉快是无拦阻的逍遥。
你更不经意在卑微的地面
有一流涧水，虽则你的明艳
在过路时点染了他的空灵，
使他惊醒，将你的倩影抱紧。

他抱紧的是绵密的忧愁，
因为美不能在风光中静止；
他要，你已飞渡万重的山头，
去更阔大的湖海投射影子！
他在为你消瘦，那一流涧水，
在无能的盼望，盼望你飞回！

①此诗发表于1931年10月5日《诗刊》第3期，曾以《献词》为题编入《猛虎集》。

火车擒住轨[1]

火车擒住轨，在黑夜里奔：
过山，过水，过陈死人的坟；

过桥，听钢骨牛喘似的叫，
过荒野，过门户破烂的庙；

过池塘，群蛙在黑水里打鼓，
过噤口的村庄，不见一粒火；

过冰清的小站，上下没有客，
月台袒露着肚子，象是罪恶。

这时车的呻吟惊醒了天上
三两个星，躲在云缝里张望；

---

①此诗原名《一片糊涂账》，写于1931年7月19日，发表于1931年10月5日。是志摩最后一篇诗稿。陈梦家在《纪念志摩》一文中说：“看到他最末一篇手稿《火车擒住轨》——只仿佛是他心血凝结的琴弦，一柱一柱跳响着性灵的声音。”此诗收入《新月诗选》。

那是干什么的，他们在疑问，
大凉夜不歇着，直闹又是哼，

长虫似的一条，呼吸是火焰，
一死儿往暗里闯，不顾危险，

就凭那精窄的两道，算是轨，
驮着这份重，梦一般的累坠。

累坠！那些奇异的善良的人，
放平了心安睡，把他们不论

俊的村的命全盘交给了它，
不论爬的是高山还是低洼，

不问深林里有怪鸟在诅咒，
天象的辉煌全对着毁灭走；

只图眼着过得，裂大嘴打呼，
明儿车一到，抢了皮包走路！

这态度也不错，愁没有个底；
你我在天空，那天也不休息，

睁大了眼，什么事都看分明，
但自己又何尝能支使运命？

说什么光明，智慧永恒的美，
彼此同是在一条线上受罪，

就差你我的寿数比他们强，
这玩艺反正是一片湖涂账。

你　去[①]

你去，我也走，我们在此分手；
你上那一条大路，你放心走，
你看那街灯一直亮到天边，
你只消跟从这光明的直线！
你先走，我站在此地望着你，
放轻些脚步，别教灰土扬起，
我要认清你的远去的身影，
直到距离使我认你不分明，
再不然我就叫响你的名字，
不断的提醒你有我在这里
为消解荒街与深晚的荒凉，
目送你归去……
不，我自有主张，
你不必为我忧虑；你走大路，
我进这条小巷，你看那棵树，
高抵着天，我走到那边转弯，

①此诗发表于1931年10月5日《诗刊》第3期。

再过去是一片荒野的凌乱：
有深潭，有浅洼，半亮着止水，
在夜芒中象是纷披的眼泪；
有石块，有钩刺胫踝的蔓草，
在期待过路人疏神时绊倒！
但你不必焦心，我有的是胆，
凶险的途程不能使我心寒。
等你走远了，我就大步向前，
这荒野有的是夜露的清鲜；
也不愁愁云深裹，但须风动，
云海里便波涌星斗的流汞；
更何况永远照彻我的心底；
有那颗不夜的明珠，我爱你！

在病中[①]

我是在病中，这恹恹的倦卧，
看窗外云天，听木叶在风中……
是鸟语吗？院中有阳光暖和，
一地的衰草，墙上爬著藤萝，
有三五斑猩的，苍的，在颤动。
一半天也成泥……
城外，啊西山！
太辜负了，今年，翠微的秋容！
那山中的明月，有弯，也有环：
黄昏时谁在听白杨的哀怨？
谁在寒风里赏归鸟的群喧？
有谁上山去漫步，静悄悄的，
去落叶林中捡三两瓣菩提？
有谁去佛殿上披拂着尘封，
在夜色里辨认金碧的神容？

这病中心情：一瞬瞬的回忆，

①此诗发表于1931年10月5日《诗刊》第3期。

如同天空，在碧水潭中过路，
透映在水纹间斑驳的云翳；
又如阴影闪过虚白的墙隅，
瞥见时似有，转眼又复消散；
又如缕缕炊烟，才袅袅，又断……
又如暮天里不成字的寒雁，
飞远，更远，化入远山，化作烟！
又如在暑夜看飞星，一道光
碧银银的抹过，更不许端详。
又如兰蕊的清芬偶尔飘过，
谁能留住这没影踪的婀娜？
又如远寺的钟声，随风吹送，
在春宵，轻摇你半残的春梦！

二十（一九三一）年五月续成七年前残稿

雁儿们[1]

雁儿们在云空里飞，
看她们的翅膀，
看她们的翅膀，
有时候纡回，
有时候匆忙。

雁儿们在云空里飞，
晚霞在她们身上，
晚霞在她们身上，
有时候银辉，
有时候金芒。

雁儿们在云空里飞，
听她们的歌唱！
听她们的歌唱！
有时候伤悲，
有时候欢畅。

雁儿们在云空里飞，

---

①此诗发表于1931年9月20日《北斗》创刊号。

为什么翱翔?
为什么翱翔?
她们少不少旅伴?
她们有没有家乡?

雁儿们在云空里彷徨,
天地就快昏黑!
天地就快昏黑!
前途再没有天光,
孩子们往哪儿飞?

天地在昏黑里安睡,
昏黑迷住了山林,
昏黑催眠了海水;
这时候有谁在倾听
昏黑里泛起的伤悲。

鲤　跳[①]

那天你走近一道小溪，
我说“我抱你过去，”你说“不；”
“那我总得搀你，”你又说“不。”
“你先过去，”你说，“这水多丽！”

“我愿意做一尾鱼，一支草，
在风光里长，在风光里睡，
收拾起烦恼，再不用流泪：
现在看！我这锦鲤似的跳！”

一闪光艳，你已纵过了水；
脚点地时那轻，一身的笑，
象柳丝，腰哪在俏丽的摇；
水波里满是鲤鳞的霞绮！

七月九日

---

①此诗写于1930年7月9日。发表于1931年1月10月《新月》3卷10期。

别拧我，疼[①]

“别拧我，疼，”……
你说，微锁着眉心。

那“疼”，一个精圆的半吐，
在舌尖上溜——转。

一双眼也在说话，
睛光里漾起
心泉的秘密。

梦
洒开了
轻纱的网。

“你在那里？”
“让我们死！”你说。

①此诗发表于1931年10月5日《诗刊》第3期。

领　罪[1]

这也许是个最好的时刻。
不是静。听对面园里的鸟，
从杜鹃到麻雀，已在叫晓。
我也再不能抵抗我的困，
它压着我像霜压着树根；
断片的梦已在我的眼前
飘拂，象在晓风中的树尖。
也不是有什么非常的事，
逼着我决定一个否与是。
但我非得留着我的清醒，
用手推着黑甜乡的诱引：
因为这是我唯一的机会，
自已到自已跟前来领罪。
领罪，我说不是罪是什么？
这日子过的有什么话说！

①此诗刊于《诗刊》第4期，原与《难忘》合称《断篇两首》。

难　忘

这日子——从天亮到昏黄，
虽则有时花般的阳光，
从郊外的麦田，
半空中的飞燕，
照亮到我劳倦的眼前，
给我刹那间的舒爽，
我还是不能忘——
不忘旧时的积累，
也不分是恼是愁是悔，
在心头，在思潮的起伏间，
象是迷雾，象是诅咒的凶险：
它们包围，它们缠绕，
它们狞露着牙，它们咬，
它们烈火般的煎熬，
它们伸拓着巨灵的掌，
把所有的忻快拦挡……

一九三〇年春

霹雳的一声笑，

从云空直透到地，

刮它的脸扎它的心，

说：“醒吧，老睡着干么？”

……

……

三日，沪宁车上①

①这年上半年志摩在上海光华大学和南京中央大学任教，故常奔波于沪宁之间。

第六辑

拾　遗

留别日本[1]

我惭愧我来自古文明的乡国，
我惭愧我脉管中有古先民的遗血，
我惭愧扬子江的流波如今溷浊，
我惭愧——我面对着富士山的清越！

古唐时的壮健常萦我的梦想：
那时洛邑的月色，那时长安的阳光；
那时蜀道的啼猿，那时巫峡的涛响；
更有那哀怨的琵琶，在深夜的浔阳！

但这千余年的痿痹，千余年的懵懂：
更无从辨认——当初华族的优美，从容！
摧残这生命的艺术，是何处来的狂风？——
缅念那遍中原的白骨，我不能无恫！

我是一枚飘泊的黄叶，在旋风里飘泊，

---

①此诗与《沙扬娜拉》写作年月相近，均成于1924年5~6月随泰戈尔访日期间。本诗曾收入初版本《志摩的诗》。

回想所从来的巨干，如今枯秃；
我是一颗不幸的水滴，在泥潭里匍匐——
但这干涸了的涧身，亦曾有水流活泼。

我欲化一阵春风，一阵吹嘘生命的春风，
催促那寂寞的大木，惊破他深长的迷梦；
我要一把倔强的铁锄，铲除淤塞与臃肿，
开放那伟大的潜流，又一度在宇宙间汹涌。

为此我羡慕这岛民依旧保持着往古的风尚，
在朴素的乡间想见古社会的雅驯，清洁，壮旷；
我不敢不祈祷古家邦的重光，但同时我愿望——
愿东方的朝霞永葆扶桑的优美，优美的扶桑！

沙扬娜拉十八首①

一

我记得扶桑海上的朝阳，
黄金似的散布在扶桑的海上；
我记得扶桑海上的群岛，
翡翠似的浮沤在扶桑的海上——
沙扬娜拉！

二

趁航在轻涛间，悠悠的，
我见有一星星古式的渔舟。
象一群无忧的海鸟，
在黄昏的波光里息羽优游，
沙扬娜拉！

①这是一组内容相联而又各自独立成章的组诗，共十八首，最后一首已由志摩生前自编入再版本《志摩的诗》，详见该诗注。此处为十七首。

三

这是一座墓园；谁家的墓园
占尽这山中的清风，松馨与流云？
我最不忘那美丽的墓碑与碑铭，
墓中人生前亦有山风与松馨似的清明——
沙扬娜拉！（神户山中墓园）

四

听几折风前的流莺，
看阔翅的鹰鹞穿度浮云，
我倚着一本古松瞑眸：
同墓中人何似墓上人的清闲？——
沙扬娜拉！（神户山中墓园）

五

健康，欢欣，疯魔，我羡慕
你们同声的欢呼“阿罗呀喈”[①]！
我欣幸我参与这满城的花雨，

①日语“谢谢”的音译。

连翩的蛱蝶飞舞，“阿罗呀喈”！
沙扬娜拉（大阪典祝）

六

增添我梦里的乐音——便如今——
一声声的木屐，清脆，新鲜，殷勤，
又况是满街艳丽的灯影，
灯影里欢声腾跃，“阿罗呀喈”！
沙扬娜拉！（大阪典祝）

七

仿佛三峡间的风流，
保津川有青嶂连绵的锦绣；
仿佛三峡间的险巇，
飞沫里趁急矢似的扁舟——
沙扬娜拉！（保津川急湍）

八

度一关湍险，驶一段清涟，
清涟里有青山的倩影；

撑定了长篙，小驻在波心，
波心里看闲适的鱼群——
沙扬娜拉！（同前）

九

静！且停那桨声胶爱，
听青林里嘹亮的欢欣，
是画眉，是知更？象是滴滴的香液，
滴入我的苦渴的心灵——
沙扬娜拉！（同前）

十

“乌塔”：莫讪笑游客的疯狂，
舟人，你们享尽山水的清幽，
喝一杯“沙鸡”，朋友，共醉风光，
“乌塔，乌塔”！山灵不嫌粗鲁的歌喉——
沙扬娜拉！（同前）

十一

我不辨——辨亦无须——这异样的歌词，

象不逞的波澜在岩窟间�嘶，
象衰老的武士诉说壮年时的身世，
“乌塔乌塔”！我满怀滟滟的遐思——
沙扬娜拉（同前）

十二

那是杜鹃！她绣一条锦带，
迤逦着那青山的青麓；
啊，那碧波里亦有她的芳躅，
碧波里掩映着她桃蕊似的娇怯——
沙扬娜拉！（同前）

十三

但供给我沉酣的陶醉，
不仅是杜鹃花的幽芳；
倍胜于娇柔的杜鹃，
最难忘更娇柔的女郎！
沙扬娜拉！

十四

我爱慕她们体态的轻盈，
妩媚是天生，妩媚是天生！
我爱慕她们颜色的调匀，
蝴蝶似的光艳，蛱蝶似的轻盈——
沙扬娜拉！

十五

不辜负造化主的匠心，
她们流眄中有无限的殷勤；
比如熏风与花香似的自由，
我餐不尽她们的笑靥与柔情——
沙扬娜拉！

十六

我是一只幽谷里的夜蝶；
在草丛间成形，在黑暗里飞行，
我献致我翅羽上美丽的金粉，
我爱恋万万里外闪亮的明星——
沙扬娜拉！

十七

我是一只酣醉了的花蜂；

我饱啜了芬芳，我不讳我的猖狂。

如今，在归途上嘤嗡着我的小嗓，

想赞美那别样的花酿，我曾经恣尝——

沙扬娜拉！

自然与人生①

风，雨，山岳的震怒：
猛进，猛进！
显你们的猖獗，暴烈，威武，
霹雳是你们的酣嗽，
雷震是你们的军鼓——
万丈的峰峦在涌汹的战阵里
失色，动摇，颠簸；
猛进，猛进！
这黑沉沉的下界，是你们的俘虏！

壮观！仿佛是跳出了人生的关塞，
凭着智慧的明辉，回看
这伟大的悲惨的趣剧，在时空
无际的舞台上，更番的演着：——
我驻足在岱岳的顶巅，
在阳光朗照着的顶巅，俯看山腰里

---

①本诗分别发表于1924年《小说月报》15卷2号及1925年2月5日《晨报·文学旬刊》第60号。曾收入初版本《志摩的诗》。

蜂起的云潮敛着，叠着，渐缓的
淹没了眼下的青峦与幽壑：
霎时的开始了，骇人的工作。

风，雨，雷霆，山岳的震怒——
猛进，猛进！
矫捷的，猛烈的：吼着，打击着，咆哮着；
烈情的火焰，在层云中狂窜：
恋爱，嫉妒，咒诅，嘲讽，报复，牺牲，烦闷，
疯犬似的跳着，追着，嗥着，咬着，
毒蟒似的绞着，翻着，扫着，舐着——
猛进，猛进！
狂风，暴雨，电闪，雷霆：
烈情与人生！

静了，静了——
不见了晦盲的云罗与雾锢，
只有轻纱似的浮沤，在透明的晴空，
冉冉的飞升，冉冉的翳隐，
像是白羽的安琪，捷报天庭。

静了，静了，——

眼前消失了战阵的幻景，
回复了幽谷与冈峦与森林，
青葱，凝静，芳馨，像一个浴罢的处女，
忸怩的无言，默默的自怜。

变幻的自然，变幻的人生，
瞬息的转变，暴烈与和平，
刿心的惨剧与怡神的宁静：——
谁是主，谁是宾，谁幻复谁真？
莫非是造化儿的诙谐与游戏，
恣意的反复着涕泪与欢喜，
厄难与幸运，娱乐他的冷酷的心，
与我在云外看雷阵，一般的无情？

东山小曲[①]

早上——太阳在山坡上笑，
太阳在山坡上叫：——
看羊的，你来吧，
这里有粉嫩的草，鲜甜的料，
好把你的老山羊，小山羊，喂个滚饱；
小孩们你们也来吧，
这里有大树，有石洞，有蚱蜢，有小鸟，
快来捉一会盲藏，豁一个虎跳。

中上——太阳在山腰里笑，
太阳在山坳里叫：——
游山的你们来吧，
这里来望望天，望望田，消消遣，

---

①此诗作于1924年1月20日，同年发表于《小说月报》15卷2号。曾收入初版本《志摩的诗》。东山又名审山，在志摩故乡硖石城外，当年东山，山顶有塔，山腰山脚密布寺庙，是志摩童年经常游乐之处。该诗最初发表时，个别字句有所不同：第4行“粉”为“新”；第7行“小”为“好”；第8行“盲”为“迷”、“个”为“阵”；第10行“坳”为“拗”；第13行“丢”为“去”，第16行“好”为“妙”。

忘记你的心事，丢掉你的烦恼；
叫化子们你们也来吧，
这里来偎火热的太阳，胜如一件棉袄，还
有香客的布施，岂不是好？

晚上——太阳已经躲好，
太阳已经去了：——
野鬼们你们来吧，
黑巍巍的星光，照着冷清清的庙，
树林里有只猫头鹰，半天里有只九头鸟；
来吧，来吧，一齐来吧，
撞开你的顶头板，唱起你的追魂调，
那边来了个和尚，快去要他一个灵魂出窍！

一小幅的穷乐图[1]

巷口一大堆新倒的垃圾，
大概是红漆门里倒出来的垃圾，
其中不尽是灰，还有烧不烬的煤，
不尽是残骨，也许骨中有髓，
骨坳里还粘著一丝半缕的肉片，
还有半烂的布条，不破的报纸，
两三梗取灯儿，一半枝的残烟；

这垃圾堆好比是个金山，
山上满偻着寻求黄金者，
一队的褴褛，破烂的布裤蓝袄，
一个两个数不清高撅的臀腰，
有小女孩，有中年妇，有老婆婆，
一手挽着筐子，一手拿着树条，
深深的弯着腰，不咳嗽，不唠叨，

①本诗写成于1923年2月6日，发表于1923年2月14日《晨报副镌》。曾收入初版本《志摩的诗》。

也不争闹，只是向灰堆里寻捞，
向前捞捞，向后捞捞，两边捞捞，
肩挨肩儿，头对头儿，拨拨挑挑，
老婆婆捡了一块布条，上好一块布条！
有人专检煤渣，满地多的煤渣，
妈呀，一个女孩叫道，我捡了一块鲜肉骨头，
回头熬老豆腐吃，好不好？

一队的褴褛，好比个走马灯儿，
转了过来，又转了过去，又过来了，
有中年妇，有女孩小，有婆婆老，
还有夹在人堆里趁热闹的黄狗几条。

雷峰塔[1]

“那首是白娘娘的古墓
（划船的手指着野草深处）；
客人，你知道西湖上的佳话，
白娘娘是个多情的妖魔；”

“她为了多情，反而受苦，
爱了个没出息的许仙，她的情夫；
他听信了一个和尚，一时的糊涂，
拿一个钵盂，把他妻子的原形罩住。”

到如今已有千百年的光景，
可怜她被镇压在雷峰塔底，——
一座残败的古塔，凄凉地，
庄严地，独自在南屏的晚钟声里！

---

①此诗最初写在1923年9月29日《志摩日记·西湖记》内，发表于1923年10月12日《晨报·文学旬刊》。原诗注明“(杭白)”。曾收入初版本《志摩的诗》。此诗在日记中个别字句有变动，第5行无“了”字；第9行“如今”为“今朝”；第11行“一”为“这”，第12行“独自”为“永远”。

青年曲[①]

泣与笑，恋与愿与恩怨，
难得的青年，倏忽的青年，
前面有座铁打的城垣，青年，
你进了城垣，永别了春光，
永别了青年，恋与愿与恩怨！

妙乐与酒与玫瑰，不久住人间，
青年，彩虹不常在天边，
梦里的颜色，不能永葆鲜妍，
你须珍重，青年，你有限的脉搏，
休教幻景似的消散了你的青年！

---

①此诗曾收入初版本《志摩的诗》。

一家古怪的店铺[①]

有一家古怪的店铺，
隐藏在那荒山的坡下；
我们村里白发的公婆，
也不知他们何时起家。

相隔一条大河，船筏难渡；
有时青林里袅起髻螺，
在夏秋间明净的晨暮——
料是他家工作的烟雾。

有时在寂静的深夜，
狗吠隐约炉捶的声响，
我们忠厚的更夫常见
对河山脚下火光上飏。

①此诗发表于1923年7月11日《晨报·文学旬刊》，曾收入初版本《志摩的诗》。

是种田钩镰，是马蹄铁鞋，
是金银妙件，还是杀人凶械？
何以永恋此林山，荒野，
神秘的捶工呀，深隐难见？

这是家古怪的店铺，
隐藏在荒山的坡下；
我们村里白发的公婆，
也不知他们何时起家。

哀曼殊斐儿[①]

我昨夜梦入幽谷，
听子规在百合丛中泣血，
我昨夜梦登高峰，
见一颗光明泪自天坠落。

古罗马的郊外有座墓园，
静偃着百年前客殇的诗骸[②]；
百年后海岱士黑辇的车轮，
又喧响在芳丹卜罗[③]的青林边。

---

①此诗作于1923年3月11日，最先见于《曼殊斐儿》一文，后又单独发表在1923年3月18日第44期《努力周报》，诗句稍有变动。此诗曾收入初版本《志摩的诗》。曼殊斐儿（Katherine Mansfield，1888-1923），通译曼斯菲尔德，英国女作家。志摩留英时曾走访她，相会二十分钟。志摩受她影响颇深，她的不少作品是志摩翻译的。

②最初该句为“芝罗兰静掩着客殇的诗骸”。指英国诗人雪莱于1822年侨居意大利时因覆舟溺死海中。

③即枫丹白露，为曼殊斐儿逝世之处。1925年4月志摩旅欧时曾去该处扫墓。

说宇宙是无情的机械，
为甚明灯似的理想闪耀在前？
说造化是真善美之表现，
为甚五彩虹不常住天边？

我与你虽仅一度相见——
但那二十分不死的时间！
谁能信你那仙姿灵态，
竟已朝露似的永别人间？

非也！生命只是个实体的幻梦：
美丽的灵魂，永承上帝的爱宠；
三十年小住，只似昙花之偶现，
泪花里我想见你笑归仙宫。

你记否伦敦约言，曼殊斐儿！
今夏再见于琴妮湖之边；
琴妮湖永抱着白朗矶的雪影，
此日我怅望云天，泪下点点！

我当年初临生命的消息，
梦觉似的骤感恋爱之庄严；

生命的觉悟是爱之成年，
我今又因死而感生与恋之涯沿！

因情是掼不破的纯晶，
爱是实现生命之唯一途径：
死是座伟秘的洪炉，此中
凝炼万象所从来之神明。

我哀思焉能电花似的飞骋，
感动你在天日遥远的灵魂？
我洒泪向风中遥送，
问何时能戡破生死之门？

一个祈祷[①]

请听我悲哽的声音，祈求于我爱的神：
人间哪一个的身上，不带些儿创与伤！
哪有高洁的灵魂，不经地狱，便登天堂：
我是肉薄过刀山，炮烙，闯度了奈何桥，
方有今日这颗赤裸裸的心，自由高傲！

这颗赤裸裸的心，请收了吧，我的爱神！
因为除了你更无人，给他温慰与生命，
否则，你就将他磨成齑粉，散在西天云，
但他精诚的颜色，却永远点染你春朝的
新思，秋夜的梦境；怜悯罢，我的爱神！

---

①此诗曾用英文题名《A Prayer》，发表于1923年7月1日《晨报·文学旬刊》。曾收入初版本《志摩的诗》。

默　境[1]

我友，记否那西山的黄昏，
钝氳里透出的紫霭红晕，
漠沉沉，黄沙弥望，恨不能
登山顶，饱餐西陲的菁英，
全仗你吊古殷勤，趋别院，
度边门，惊起了卧犬狰狞。
墓庭的光景，却别是一味
苍凉，别是一番苍凉境地：
我手剔生苔碑碣，看冢里
僧骸是何年何代，你轻踹
生苔庭砖，细数松针几枚；
不期间彼此缄默的相对，
僵立在寂静的墓庭墙外，
同化于自然的宁静，默辨

①诗发表于1923年4月20日《时事新报·学灯》，曾收入初版本《志摩的诗》。发表时附有作者前言：

“12月8日与KY及SP同游西山灵寺僧冢，时暮霭已苍，风籁噤寂，抚摩碑碣，仰看长松，彼此忽不期缄默，游神有顷，此中消息，非亲身经历者，孰能领会，因作长句，以问我友焉。徐志摩附识。”

静里深蕴着普遍的义韵；
我注目在墙畔一穗枯草，
听邻庵经声，听风抱树梢，
听落叶，冻鸟零落的音调，
心定如不波的湖，却又教
连珠似的潜思泛破，神凝
如千年僧骸的尘埃，却又
被静的底里的热焰熏点；

我友，感否这柔韧的静里，
蕴有钢似的迷力，满充着
悲哀的况味，阐悟的几微，
此中不分春秋，不辨古今，
生命即寂灭，寂灭即生命，
在这无终始的洪流之中，
难得素心人悄然共游泳；
纵使阐不透这凄伟的静，
我也怀抱了这静中涵濡，
温柔的心灵；我便化野鸟
飞去，翅羽上也永远染了
欢欣的光明，我便向深山
去隐，也难忘你游目云天，

游神象外的 Transfiguration[①]

我友！知否你妙目——漆黑的
圆睛——放射的神辉，照彻了
我灵府的奥隐，恍如昏夜
行旅，骤得了明灯，刹那间
周遭转换，涌现了无量数
理想的楼台，更不见墓园
风色，再不闻衰冬吁喟，但
见玫瑰丛中，青春的舞蹈
与欢容，只闻歌颂青春的
谐乐与欢悰；——
轻捷的步履，
你永向前领，欢乐的光明，
你永向前引：我是个崇拜
青春，欢乐与光明的灵魂。

①英文，意为变形，改观，化身。

月下待杜鹃不来[1]

看一回凝静的桥影，
数一数螺钿的波纹，
我倚暖了石栏的青苔，
青苔凉透了我的心坎；

月儿，你休学新娘羞，
把锦被掩盖你光艳首，
你昨宵也在此勾留，
可听她允许今夜来否？

听远村寺塔的钟声，
象梦里的轻涛吐复收，
省心海念潮的涨歇，
依稀漂泊踉跄的孤舟；

水粼粼，夜冥冥，思悠悠，

①此诗发表于1923年3月29日《时事新报·学灯》。曾收入初版本《志摩的诗》。

何处是我恋的多情友?
风飕飕，柳飘飘，榆钱斗斗，
令人长忆伤春的歌喉。

希望的埋葬[①]

希望，只如今……
如今只剩些遗骸；
可怜，我的心……
却教我如何埋掩？

希望，我抚摩着
你惨变的创伤，
在这冷漠的冬夜
谁与我商量埋葬？

埋你在秋林之中，
幽涧之边，你愿否，
朝餐泉乐的琤琮，
暮依偎着松茵香柔？

---

①此诗写于1923年1月24日，先后发表于1923年1月28日《努力周报》第39期及1923年6月1日《时事新报·学灯》。曾收入初版本《志摩的诗》。

我收拾一筐的红叶，
露凋秋伤的枫叶，
铺盖在你新坟之上，——
长眠着美丽的希望！

我唱一支惨淡的歌，
与秋林的秋声相和；
滴滴凉露似的清泪，
洒遍了清冷的新墓！

我手抱你冷残的衣裳，
凄怀你生前的经过——
一个遭不幸的爱母
回想一场抚养的辛苦。

我又舍不得将你埋葬，
希望，我的生命与光明！
象那个情疯了的公主，
紧搂住她爱人的冷尸！

梦境似的惝恍，
毕竟是谁存与谁亡？

是谁在悲唱，希望！
你，我，是谁替谁埋葬？

“美是人间不死的光芒，”
不论是生命，或是希望；
便冷骸也发生命的神光，
何必问秋林红叶去埋葬？

冢中的岁月[①]

白杨树上一阵鸦啼，
白杨树上叶落纷披，
白杨树下有荒土一堆：
亦无有青草，亦无有墓碑；

亦无有蛱蝶双飞，
亦无有过客依违，
有时点缀荒野的暮霭，
土堆邻近有青磷闪闪。

埋葬了也不得安逸，
髑髅在坟底叹息；
舍手了也不得静谧，
髑髅在坟底饮泣。

破碎的愿望梗塞我的呼吸，

①此诗又名《白杨树上》，发表于1924年10月15日《晨报副镌》。曾收入初版本《志摩的诗》。

伤禽似的震悸着他的羽翼；
白骨放射着赤色的火焰——
却烧不尽生前的恋与怨。

白杨在西风里无语，摇曳，
孤魂在墓窟的凄凉里寻味：
“从不享，可怜，祭扫的温慰，
更有谁存念我生平的梗概”！

山中大雾看景[①]

这一瞬息的展雾——
是山雾
是台幕
这一转瞬的沉闷，
是云蒸，
是人生？

那分明是山，水，田，庐，
又分明是悲，欢，喜，怒，
啊，这眼前刹那间开朗，
我仿佛感悟了造化的无常！

---

①此诗与《朝雾里的小花》一起，原名为《庐山小诗两首》。发表于1924 年12月5日《晨报·文学旬刊》。《朝雾里的小花》已编入《志摩的诗》。

康河晚照即景[①]

这心灵深处的欢畅，
这情绪境界的壮旷；
任天堂沉沦，地狱开放，
毁不了我内府宝藏！

①此诗摘自志摩《曼殊斐儿》一文内。见1923年《小说月报》第14卷第5号。

四行诗一首①

忧愁他整天拉着我的心，
象一个琴师操练他的琴；
悲哀象是海礁间的飞涛：
看他那汹涌，听他那呼号！

①此诗发表在1925年8月24日《晨报副镌》。另见于《志摩日记》1925年8月25日《爱眉小札》：“眉，要知道你只是偶尔的觉悟，偶尔的难受，我呢，简直是整天整晚的叫忧愁割破了我的心。——”

再不迟疑①

我不辞痛苦，因为我要认识你，上帝；
我甘心，甘心在火焰里存身，
到最后那时辰见我的真，
见我的真，我定了主意，上帝，再不迟疑！
……
我再不想成仙，蓬莱不是我的分；
我只要这地面，情愿安分的做人。

①此诗摘自1925年1月5日发表于《晨报副镌》上的《迎上前去》一文。题目为编者所加。

北方的冬天是冬天[1]

北方的冬天是冬天，
满眼黄沙漠漠的地与天：
赤膊的树枝，硬搅着北风先——
一队队敢死的健儿，傲立在战阵前！
不留半片残青，没有一丝粘恋，
只拚着精光的筋骨；凝敛着生命的精液，
耐，耐三冬的霜鞭与雪拳与风剑，
直耐到春阳征服了消杀与枯寂与凶惨，
直耐到春阳打开了生命的牢监，放出一瓣的树头鲜！
直耐到忍耐的奋斗功效见，健儿克敌回家酣笑颜！
北方的冬天是冬天！
满眼黄沙茫茫的地与天；
田里一只困顿的黄牛，
西天边画出几线的悲鸣雁。

①此诗作于1923年1月22日。发表于1923年1月28日《努力周报》第39期。

悲，思[①]

悲思在庭前——
不；但看
新萝憨舞，
紫藤吐艳，
蜂恣蝶恋——
悲思不在庭前。

悲思在天上
不；但看——
青白长空，
气宇晴朗，
云雀回舞——
悲思不在天上。

悲思在我笔里——
不；但看

①此诗发表于1923年5月20日《努力周报》第53期。

白净长毫，
正待抒写，
浩坦心怀——
悲思不在我的笔里。

悲思在我纸上——
不；但看
质净色清，
似在腼盼，
诗意春情——
悲思不在我的纸上。

悲思莫非在我……
心里——
心如古墟，
野草不株，
心如冻泉，
冰结活源，
心如冬虫，
久蛰久噤——
不，悲思不在我的心里！

五月十三日

铁柝歌[1]

铁柝，铁柝，铁柝——三更：
夜色在更韵里沉吟，
满院只眠熟的树荫，
天上三五颗冷淡的星。

铁索，铁索……逝水似的消幻，
只缕缕星芒，漫洒在屋溜间；
静夜忽的裂帛似的撕碎——
一声声，愤急，哀乞，绝望的伤惨。

马号里暗暗的腐稻一堆：
犬子在索乳，呶呶的纷哕；
僵附在墙边，有瘦影一枚，
羸瘪的母狗，忍看着饥孩：——

“哀哀，我馁，且殆，奈何饥孩，
儿来，非我罪，儿毙，我心摧”……

---

①此诗发表于1923年7月1日《努力周报》第59期。

哀哀，在此深夜与空院，
有谁同情母道之悲哀？

哀哀，更柝声在巷外浮沉，
悄悄的人间，浑浑的乾坤；
哀哀这中夜的嗥诉与哀呻，
惊不醒——一丝半缕的同情！

正愿人间的好梦睡稳！
一任遍地的嗥诉与哀呻，
乞怜于黑夜之无灵，应和
街前巷后的铁柝声声！

端节后

小花篮[1]

送卫礼贤先生

一年前此时，我正与博生通伯同游槐马与耶纳，访葛德西喇之故居[2]，买得一小花篮，随采野草实之，今草已全悴，把玩不觉兴感，因作左诗。

（卫礼贤先生，通我国学，传播甚力，其生平所最崇拜者，孔子而外，其邦人葛德是，今在北大讲葛德，正及其意大利十八月之留。）

我买一只小小的花篮，
杜陵人手编的兰花篮；

我采集一把青翠的小草，
从玫瑰园外的小河河边；

把那些小草装入了小篮：

①诗作于1923年3月16日，发表于1923年3月23日《晨报副镌》。

②葛德，即德国诗人歌德。西喇现通译为“席勒”。槐马，现通译魏玛；耶纳，通译耶拿，均为德国城市。歌德曾应魏玛公爵之邀，担任枢密顾问十年。

小小的纪念，别有风趣可爱。

当年葛德自罗马归来，
载回朝旭似文化的光彩；

如今玫瑰园中清简的屋内，
贴近他创制诗歌的书案。
（Rosen-garden[①]在 Weimer[②]葛德制诗处）

一束罗马特产的鲜菜，
如今僵缩成一小撮的灰骸！

这一小撮僵缩的灰骸！
却最澄见他宏坦的诗怀！

我冥想历史进行之参差，
问何年这伟大的明星再来？

听否那黄海东海南海的潮声，
声声问华族的灵魂何时自由？

---

①即：玫瑰园。
②即：魏玛。

我自游槐马归来，不过一年，
那小篮里的鲜花，已成枯卷；

我感怀于光阴造作之荣衰，
亦憬然于生生无已之循环；

便历尽了人间的悲欢变幻，
也只似微波在造化无边之海！

幻　想[①]

一

天空里幻出一带的长虹，
一条七彩双首乔背的神龙；
一头的龙喙与龙须与龙髯，
淹没在埂奇河春泛之濑湍，
一头的龙爪，下踞在河北江南，
饮啜于长江大河，咽响如雷，
这彩色神明的巨怪，
满吸了东亚的大水，
昂首向坎坷的地面寻着，
吼一声，可怜，苦旱的人间！
遍野的饥农，在面天求怜，
求救渡的甘霖，满溢田田——
看呀，电闪里长鬣舞旋，
转惨酷为欢欣在俄顷之间！

---

①此诗发表于1923年7月10日《小说月报》第14卷第9号。

二

天空里幻出长虹一带，
在碧玉的天空镶嵌，
一端挽住昆仑的山坳，
一端围绕在喜马拉雅之巉岩，
是谁何的匠心，制此巨采，
问伟男何在，问伟男何在？
披苍空普盖的青衫，
束此神异光明之带，
举步在浩宇里徘徊，
啊，踏翻，南北白头的高山，
霎时的雪花狂舞，雪花狂洒，
普化了东与西，洒遍北与南，
丈夫！这纯澈无路的世界，
产生于一转这俄顷之间。

一个噩梦[①]

我梦见你——呵，你那憔悴的神情：
手捧着鲜花腼腆的做新人。
我恼恨——我恨你的良心，
我又不忍，不忍你的疲损。

你为什么负心？我大声的诃问。——
但那喜庆的闹乐侵蚀了我的恚愤；
你为什么背盟？我又大声的诃问——
那碧绿的灯光照出你两腮的泪痕！

仓皇的，仓皇的，我四顾观礼的来宾——
为什么这满堂的鬼影与逼骨的阴森？
我又转眼看那新郎——啊，上帝有灵光！——
却原来，偎傍着我爱，是一架骷髅狰狞！

①此诗用笔名“云中鹤”发表于1924年11月2日《晨报副镌》。

那一点神明的火焰[①]

又是一个深夜，寂寞的深夜，
在山中，
浓雾里不见月影，星光，
就只我：
一个冥蒙的黑影，蹀躞的
沉思，
沉思的蹀躞，在深夜，在山中，
在雾里，
我想着世界，我的身世，懊怅，
凄迷，
灭绝的希冀，又在我的心里
惊悸，
摇曳，象雾里的草须：她
在哪里？
啊！她；这深夜，这浓雾，
淹没了

---

①此诗发表于1925年3月25日《晨报·文学旬刊》第65号。

天外的星光与月彩，却

遮不住

那一点的光明，永远的，永远的，

象一星

宝石似的火花，在我灵魂的底里；

我正愿，

我愿保持这不朽的灵光直到

那一天

时间要求我的尘埃，我的心停止了

跳动，

在时间浩瀚的尘埃里，却还存着

那一点——

那一点神明的火焰，跳动，光艳，

不变

不变！

“拿回吧，劳驾，先生”①

啊，果然有今天，就不算如愿，
她这“我求你”也就够可怜！
“我求你”，她信上说，“我的朋友，
给我一个快电，单说你平安，
多少也叫我心宽。”叫她心宽！
扯来她忘不了的还是我——我
虽则她的傲气从不肯认服；
害得我多苦，这几年叫痛苦
带住了我，像磨面似的尽磨！
还不快发电去，傻子，说太显——
或许不便，但也不妨占一点
颜色，叫她明白我不曾改变，
咳何止，这炉火更旺似从前！

①此诗用笔名“南湖”发表于1926年6月3日《晨报·诗镌》第10期。据梁锡华先生《徐志摩新传》：“志摩对林徽音一直痴心不断。到民国于十四或十五年之间，志摩忽然接到林徽音消息，说她极盼收到他的信。志摩在既喜且急之余，马上拍个电报作复，但最后却发现林徽音是跟他开玩笑。……乃写下《拿回吧，劳驾，先生》一诗以志其事。”

我已经靠在发电处的窗前，
震震的手写来震震的情电，
递给收电的那位先生，问这
该多少钱，但他看了看电文，
又看我一眼，迟疑的说：“先生，
您没重打吧？方才半点钟前，
有一位年青先生也来发电，
那地址，那人名，全跟这一样，
还有那电文，我记得对，我想，
也是这……先生，你明白，反正
意思相似，就这签名不一样！”——
“呒！是吗？噢，可不是，我真是昏！
发了又重发；拿回吧！劳驾，先生。”——

诗　句①

啊明月！你不减旧时的光辉——
这橄揽林中泛滥着夜莺的欢畅；
啊明月！我也不减旧时的伤悲——
你未照我枕边的泪痕清露似的滋长！

一九二五夏，翡冷翠山中。

①此诗发表于1925年12月1日《晨报七周年纪念增刊》。

给母亲[①]

母亲，那还只是前天，
我完全是你的，你唯一的儿；
你那时是我思想与关切的中心：
太阳在天上，你在我心里；
每回你病了，妈妈，如其医生们说病重，
我就忍不着背着你哭，
心想着世界的末日就快来了；
那时我再没有更快活的时刻，除了
和你一床睡着，我亲爱的妈妈，
枕着你的臂膀，贴近你的胸膛，
跟着你和平的呼吸放心的睡熟，
正像是一个初离奶的小孩。

但在那二十几年间虽则那样真挚的忠心的爱，
我自己却并不知道；“爱”那个不顺口的字，
那时不在我的口边，

①此诗作于1925年8月1日，发表在1925年8月31日《晨报副镌》。

就这先天的一点孝心完全浸没了
我的天性与生命。
这来的变化多大呀!
这不是说，真的，我不再爱你，
妈！或是爱你不比早年，那不是实情；
只是我新近懂得了爱，
再不像原先那天真的童子的爱，
这来是成人的爱了：
我，妈的孩子，已经醒起，并且觉悟了
这古怪的生命要求；

生命，它那进口的大门是
一座不灭的烈焰——爱——
谁要领悟着里面的奥妙，
谁要觉着这里面的搏动，
（在我们中间能有几个到死不留遗憾的！）
就得投身进这焰腾腾的门内去——

但是，妈，亲爱的，让我今天明白的招认
对父母的爱，孝，不是爱的全部；
那是不够的；迟早有一天，
这“爱人”化的儿子会得不自主的

移转他那思想与关切的中心，
从他骨肉的来源，
到那唯一的灵魂，
他如今发现这是上帝的旨意
应得与他自己的融合成一体——
自今以后——
不必担心，亲爱的母亲，不必愁，
你唯一的儿子会得在情感上远着你们——
啊不，你应得欢喜，妈妈呀！
因为他，你的儿，从今起能爱，
是的，能用双倍的力量来爱你，
他的忠心只是比先前益发的集中了；
因为他，你的孩儿，已经寻着了快乐，
身体与灵魂，
并且初次觉着这世界还是值得一住的，
他从没有这样想过，
人生也不是过分的刻薄——
他这生来真的得着了他应有的名分，
因此他在感激与欢喜中竟想
赞美人生与宇宙了！

妈呀“我们俩”赤心的，联心的爱你，

真真的爱你，

象一对同胞的稚鸽在睡醒时，

爱白天的清光。

花牛歌[①]

花牛在草地里坐，
压扁了一穗剪秋萝。

花牛在草地里眠，
白云霸占了半个天。

花牛在草地里走，
小尾巴甩得的溜溜。

花牛在草地里做梦，
太阳偷渡了西山的青峰。

①此诗及《八月的太阳》估计作于1923年之前。原为王统照所收藏，志摩罹难后，由王统照代为发表于1937年1月《文学》。

八月的太阳

八月的太阳晒得黄黄的，
谁说这世界不是黄金？
小雀在树荫里打盹，
孩子们在草地里打滚。

八月的太阳晒得黄黄的，
谁说这世界不是黄金？
金黄的树林，金黄的草地，
小雀们合奏着欢畅的清音：
金黄的茅舍，金黄的麦屯
金黄是老农们的笑声。

我是个无依无伴的小孩[①]

我是个无依无伴的小孩，
无意来到生疏的人间：

我忘了我的生年与生地，
只记从来出的草青日丽；

青草里满泛我活泼的童心，
好鸟常伴我在艳阳中游戏；

我爱啜野花上的白露清鲜，
爱去流涧边照弄我的童颜；

我爱与初生的小鹿儿竞赛，
爱聚砂砾仿造梦里的亭园；

①此诗写于1923年5月6日，发表于1923年5月13日《努力周报》第52期。原诗题下有英文副题：Will-O′-the-Wisp，即“鬼火”。另有一行英文诗句：“Lonely is the Soul that sees the Vision……”意为：孤独的灵魂看到幻影。

我梦里常游安琪儿的仙府，
白羽的安琪儿，教导我歌舞；

我只晓天公的喜悦与震怒，
从不感人生的痛苦与欢娱；

所以我是个自然的婴孩，
误入了人间峻险的城围；

我骇诧于市街车马之喧扰，
行人尽戴着忧惨的面罩；

铅般的烟雾迷障我的心府，
在人丛中反感恐惧与寂寥；

啊！此地不见了清涧与青草，
更有谁伴我笑语，疗我饥惆；

我只觉刺痛的冷眼与冷笑，
我足上沾污了沟渠的泞潦；

我忍住两眼热泪，漫步无聊，

漫步着南街北巷，小径长桥；

我走进一家富丽的门前，
门上有金色题标，两字“慈悲”；

金子的慈悲，令我欢慰，
我便放胆跨进了门槛；

慈悲的门庭寂无声响，
堂上隐隐有阴惨的偶像；

偶像在伸臂，似庄似戏，
直骇我狂奔出慈悲之第；

我神魂惊悸慌忙的前行，
转瞬间又面对“快乐之园”；

快乐园的门前，鼓角声喧，
红衣汉在守卫，神色威严；

游服竞鲜艳，如春蝶舞翩跹，
园林里阵阵香风，花枝隐现；

吹来乐音断片，招诱向前，
赤穷孩蹑近了快乐之园!

守门汉霹雳似的一声呼叱，
露出了我骇愧的两行急泪;

我掩面向僻隐处飞驰，
遭罹了快乐边沿的尖刺;

黄昏。荒街上尘埃舞旋，
凉风里有落叶在呜咽;

天地看似墨色螺形的长卷，
有孤身儿在踟蹰，似退似前;

我仿佛陷落在冰寒的阱锢，
我哭一声我要阳光的暖和!

我想望温柔的手掌，偎我心窝，
我想望搂我入怀，纯爱的母;

我悲思正在喷泉似的溢涌，
一闪闪神气的光，忽耀前路；

光似草际的游萤，乍显乍隐，
又似暑夜的飞星，窜流无定；

神异的精灵！生动了黑夜，
平易了途径，这闪闪的光明；

闪闪的光明！消解了恐惧，
启发了欢欣，这神异的精灵；

昏沉的道上，引导我前进，
一步步离远人间进向天庭；

天庭！在白云深处，白云深处，
有美安琪敛翅羽，安眠未醒，

我亦爱在白云里安眠不醒，
任清风搂抱，明星亲吻殷勤；

光明！我不爱人间，人间难觅

安乐与真情，慈悲与欢欣；

光明，我求祷你引致我上登
天庭，引挈我永驻仙神之境；

我即不能上攀天庭，光明，
你也照导我出城围之困，

我是个自然的婴儿，光明知否，
但求回复自然的生活优游；

茂林里有餐不罄的鲜柑野栗，
青草里有享不尽的意趣香柔……

五月六日

她在那里[①]

她不在这里，
她在那里：——

她在白云的光明里：
在澹远的新月里；

她在怯露的谷莲里：
在莲心的露华里；

她在膜拜的童心里：
在天真的烂漫里；

她不在这里，
她在自然的至粹里！

①据商务印书馆香港分馆版《徐志摩全集》第 1 集。

荒凉的城子[1]

我眼前暗沉沉的地面，
我眼前暗森森的诸天。
她，——我心爱的，哪里去了——那女子，
她的眼明星似的闪耀？
我眼前一片凄凉的街市。
我眼前一片凄凉的城子。
灾难后的城子，只剩有
剐残的人尸。

黎明时我忧忡忡的起身，
打开我的窗棂，
进来的却不是光明，进来的
是鲜明的爱情。
树枝上的鸟雀已经苏醒起，
我倾听他们的歌音；
他们各自呼唤着他们的恋情；
就只我是孤身。

---

①据商务印书馆香港分馆版《徐志摩全集》第1集。

这是生命与快乐的时辰，
我在我心里说话。
各个的生物有他的欢欣，
在阳光中过他的生活，
他们在各个同伴的眼内寻着。
光明，那怜惜的光明，
这是相互怜惜的时候，这是
相互爱恋的光阴。

说话呀！荒凉的城子！说话呀！
凄凉中的寂静！
她，我挚爱的，哪里去了，
她，认识我的魂灵？
那热情的眼如今在哪里？
曾经对着我的眼含情的凝睇？
那亲吻我的香唇如今在哪里？
在哪里，那酥胸曾经我的
胸怀偎依？

说话呀，你我灵魂的灵魂：
我心里的情怀已经默起，

告诉我，在那毁灭与恐怖的日子
你遁迹在哪里？
看呀，我的手臂依旧抱着你，
抱着你是抱着天体，
看呀，我的心愿依旧靠傍着你，
我的心愿充塞着大地。

我不禁在忧伤中悲诉，
我离开了窗前，我转过身去，
我向着楼梯，走出门去
走上空虚的街去，
在忧伤中放声的哀恸，
可怜再没有人责我的过戾，
谁嘲讽我的软弱，更有
谁怜悯我的眼泪？

在车中[1]

这回爬上乌拉尔的高冈，哈哈，
紫色的黄昏罩，三千里路的松林；
这边是亚细亚，那边是欧罗巴——
巨蟒似的青烟蜒，蜒上了乌拉山顶。

回望你那从来处的东——啊东方！
那一顶没有颜色的睡帽——西伯利亚，
深林住一个焦黄的老儿头——啊老黄，
你睡够了啊，为什么老是这欠哈？

再看那欧罗巴：堪怜的破罗马
拿被仑的铁蹄，威廉皇的炮弹花；
菜茵河边的青□：一个折烂了的玩偶□家！
阿尔帕斯的白雪，啊，莫斯科的红霞！

①据商务印书馆香港分馆版《徐志摩全集》第1集。

在心眼里的颜面[①]

那是她从前的窗，
窗前的烛焰，
透露着示意的幽光，
“我在此间！”

如今，还同从前，我见她
在玻窗上移动；
啊：那是我的幻想的浮夸，
唤起她的娇容！——

不论在海上，在陆地，在梦里，
她永远不离我的心眼，
任凭世上有沧海与桑田的变异，
我永远保有她的婉委。

这般的姿态，又温柔，又娇羞，我爱，
谁能说你不美？

---

①据台湾传记文学出版社版《徐志摩全集》第 1 集。

怜悯我的孤寂与忧愁，你常来，

我的恋爱的鬼！

To Life[①]

人生，你满脸的忧愁与干枯，
我不耐烦看着你，
还有你的泥污的衣，你的踉跄的步，
你的过于装作的滑稽！

你的法门我全知道，人生，
无非是死亡，时光，命运——
我早已知晓，我也懂得，分明
我也迟早是你的牺牲。

但是你可否打扮你自身，
穿一身艳丽的衣裳，
发一日的疯，假装是情真
只当现世已是天堂？

我也会来鼓起我的兴，
伴着你游戏到黄昏；

①据台湾传记文学出版社版《徐志摩全集》第1集。题意为“人生”。

也许串演时的乔装与殷勤，

我竟相信是情真！

送他的葬[1]

（At His Funeral）

他们送他到他的安息国——
蠕动着一道纡缓的行列；
我跟在后背，一个送殡的外客，
他们是他的亲属，我是他的……
我不曾撤换我的艳色的衣装，
虽则他们都是遍体的乌黑，
但他们只冷淡的站着观望，
我的伤心却火焰似的消蚀！

①据台湾传记文学出版社版《徐志摩全集》第1集。

海边的梦[①]

我独自在海边徘徊，
遥望着无边的霞彩，
我想起了我的爱，
不知她这时候何在？
我在这儿等待——
她为什么不来？
我独自在海边发痴——
沙滩里平添了无数的相思字。

假使她在这儿伴着我，
在这寂寥的海边散步？
海鸥声里，
听私语喁喁，
浅沙滩里，

①此诗是志摩根据周灵均《海边的梦》改写的。《海边的梦》寄到《现代评论》时，正巧徐志摩在该刊编辑部，编辑认为要修改后才能发表，就委托志摩代改。志摩接稿后仅半个小时就改好了。编辑就将这两篇稿子一起发表在1925年11月28日《现代评论》第2卷第51期。

印交错的脚踪，
我唱一曲海边的恋歌，
爱，你幽幽的低着嗓儿和！

这海边还不是你我的家，
你看那边鲜血似的晚霞；
我们要寻死，
我们交抱着往波心里跳，
绝灭了这皮囊，
好叫你我的恋魂悠久的逍遥。
这时侯的新来的双星挂上天堂，
放射着不磨灭的爱的光芒。

夕阳已在沉沉的淡化，
这黄昏的美，
有谁能描画？
莽莽的天涯，
哪里是我的家，
哪里是我的家？
爱人呀，我这般的想着你，
你那里可也有丝毫的牵挂？

〔附录〕

周灵均《海边的梦》原诗

独自一个人儿在海边踽踽的徘徊，
遥遥的看那海天一角斑烂的霞彩，
使我悠然想到我的情人现在哪儿在？
若有所待？——
为何她也不到这儿来？
于是痴立在海边许多时，
在沙滩上写了无数的相思字。

或者我与我的情人在海边散步，
步儿的徐徐，低低的私语，
同来同去，——
偶回首看双双的脚印一步一趋，
则我们当忘不了来时的路，
于是缓缓的唱一曲海边的恋歌，
拍着手相歌相和。

我在此海边不可以久留，
我与我的情人紧紧地手携着手，

天长地久——
一跳跳入海心，我们的死尸已腐朽，
但我们两颗心还有。
于是将这两颗心同群星一起挂在天上，
放射着人间伟大的爱的光。

夕阳已经沉沉的向西方落下，
这黄昏的美，美到不可描画，
飘泊天涯——
我遥望那海天一角是我家，
在这时侯若有恋恋难舍，
于是想到我的情人，还记得昔时曾携手处，
如今教我向谁诉相思苦？苦！